KB114898

FUSION FANTASTIC STORY

탁목조 장편소설

천공기

穿孔機

천공기 5

탁목조 장편소설

초판 1쇄 찍은 날 § 2015년 12월 9일
초판 1쇄 펴낸 날 § 2015년 12월 16일

지은이 § 탁목조
펴낸이 § 서경석

편집책임 § 이재림

펴낸곳 § 도서출판 청어람
등록번호 § 제387-1999-000006호
등록일자 § 1999. 5. 31
어람번호 § 제1-2309호

주소 § 경기도 부천시 원미구 부일로 483번길 40 서경B/D 3F (우) 14640
전화 § 032-656-4452 팩스 § 032-656-4453
http://www.chungeoram.com
E-mail § chungeorambook@daum.net

ISBN 979-11-04-90552-0 04810
ISBN 979-11-04-90408-0 (세트)

FUSION FANTASTIC STORY

탁목조 장편소설

천공기

穿孔機

5

도서출판 청어람

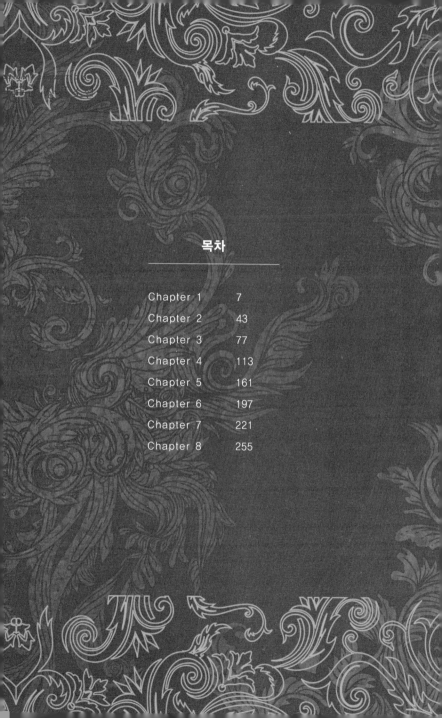

목차

Chapter 1

천외천이 저런 거구나 한다.

세현은 작전 중에 구한 이종족 열 명을 임시 부대원으로 편성해서 하나의 팀을 더 만들었다.

그들 부대가 열 명만 남기고 해체 직전 상황이 되어서 일단 임시로 팀 미래로에 편입시킨 것이다.

어스 부대에 구원을 받은 이종족들도 세현의 결정을 받아들였다. 열 명의 인원으로서는 전장을 이탈하기에는 무리가 있었고, 어스 부대와 함께 하는 것이 생존 확률이 높다는 것은 그들도 충분히 알 수 있는 일이었다.

"그러니까 행성 코어란 것 때문이 이 난리가 났다고?"

"그런 거지. 몇 시간 전에 행성 코어의 파장이 이곳에서 흘러

나왔다고 하더군."

특별 팀이란 이름이 붙은 이종족 팀의 팀장이 세현의 말에 대답했다.

그들 이종족은 지구 인류와 비슷한 모습이었지만 눈이 곤충의 겹눈처럼 생겼고, 귀가 있는 부분에 구멍이 있다는 점이 달랐다.

그 외에는 팔꿈치나 무릎 등 몸의 관절 부분에 밖으로 드러난 각질 덮개가 있다는 것도 차이가 있었다.

하지만 옷을 입고 장갑을 끼고 있으면 겉으로 표가 나게 이상한 부분은 없었다.

이 종족은 이곳, 투바투보에 제법 많은 인원이 있는데, 그들의 행성은 몬스터들을 거의 몰아내고 인류의 우세를 확실하게 유지하고 있다고 했다.

그리고 이곳 분쟁지역으로 온 이유는 공적 점수를 얻고 귀한 물건을 구한 후 고향으로 가지고 가서 한몫 잡으려는 것이라 했다.

또 이곳 분쟁지역에서 얻은 것들이 그들 고향에서 몬스터를 상대하는데 큰 도움이 되기도 해서 행성 전체가 분쟁지역으로 가는 것을 권장하는 분위기라고 했다.

"행성 코어의 파장? 그런 것이 있다면 어째서 지금까지 발견이 되지 않은 거지?"

세현이 궁금하다는 듯이 물었다.

"그야 그렇게 파장을 흘리는 경우가 거의 없기 때문이지. 그렇게 파장을 흘리는 경우는 행성 코어에 뭔가 변화가 생겼을 때뿐이라고."

"그래?"

"그럼, 우리 행성에서도 행성 코어를 찾아서 관리하기 시작하면서 에테르 기반 생명체들을 약화시킬 수 있었지."

"네 고향 행성에선 몬스터들을 완전히 몰아내지는 않았다고 들었는데?"

"그야 당연하지. 솔직히 에테르라고 하는 것이 꽤나 안정적인 에너지원이잖아. 그게 주얼이나 코어가 되면 얼마나 가치가 있겠어? 그런데 그걸 얻을 수 있는 방법을 없앨 이유가 있나? 관리만 잘하면 되는데? 뭐, 이면공간에서 획득하는 것으로 충분하다는 소리가 있긴 하지만 그래선 또 격렬하게 반대할 이들이 많지."

"이면공간에 들어갈 수 없는 이들이 있을 테니까?"

세현은 지금 지구에서도 완전히 몬스터들이 사라지게 되면 곤란할 사람들이 있을 거란 생각을 하며 말했다.

"그렇지. 거기다가 이면공간에서 작업을 하려면 아무래도 비용이 늘잖아. 당연히 거대 가문들이 싫어하지."

세현은 그들 종족의 거대 가문이란 것이 지구의 길드 같은 것이 아닐까 추측하곤 고개를 끄덕였다.

그리곤 지구나 저들의 행성이나 사람 사는 곳은 어디나 비슷하다는 생각을 했다.

"어쨌건 당분간 함께할 테니 수고 좀 하자고."

세현이 특별 팀의 팀장과 그 대원들을 보며 말했다.

"걱정하지 마라. 우리는 최선을 다할 것이다."

특별 팀 팀장이 주먹으로 가슴을 쿵쿵 두드리며 말했고, 다른 팀원들도 같은 동작으로 인사를 했다.

그들 행성에선 그 인사가 굳은 결심과 맹세를 뜻하는 동작이라고 했다.

*　　　　*　　　　*

어스 부대는 관리 본부에서 받은 작전 명령서에 따라서 일정한 경로로 이동해서 목표 지점에 도착해서 거점을 만들고 그곳을 방어해야 했다.

여러 개의 언덕과 계곡들을 지나서 주변의 언덕보다 훨씬 높고 규모가 커서 작은 산(山)이라고 부를 만한 곳이 어스 부대가 점령해서 방어해야 할 지점이었다.

그런데 그곳으로 가는 중에 몇 개의 부대가 어스 부대와 같은 명령서를 받은 것을 알게 되었다.

세현 일행은 미니맵의 진화로 몬스터와 인간 종족의 부대를 구별하게 되면서 어스 부대는 이전보다 훨씬 더 효과적인 전투를 할 수 있었다.

이전에는 붉은색 점으로만 빼곡하게 나타났을 전투 현장이 이제는 아군과 적군으로 구별해서 나타나니 지원을 하거나 혹은 습격을 하는데 큰 도움이 되었다.

특히 세현은 아군 부대가 몬스터와 접전을 벌이는 경우에는 곧바로 지원을 가서 몬스터를 협공하는 것을 즐겼다.

그렇지 않고 몬스터의 수가 많은 경우에는 몬스터를 유인해서 아군의 다른 부대가 있는 곳으로 끌고 와서 수적인 우위를 만든 후에 전투를 벌였다.

그러다 보니 목적지에 도착할 즈음에는 어스 부대 곁에 다른 부대의 수가 여섯이나 더 있었다. 모두 일곱 개의 부대가 같은 명령서를 가지고 있었던 것이다.

"저기, 저곳을 점령하고 방어를 하는 것이 우리가 받은 임무다."

"몬스터들이 바글바글한 거 같은데? 대장, 괜찮겠습니까?"

주영휘가 걱정스러운 표정으로 물었다.

"그렇습니다. 지형적으로도 불리한데, 수에서도 밀립니다."

압둘라 역시 정면으로 치고 들어가기엔 부담을 느끼는 모양인지 꺼림칙한 표정을 숨기지 않고 말했다.

세현도 그런 팀장들의 의견에 동의했다.

명령을 수행하기는 해야겠지만 그렇다고 무모하게 몬스터들에게 달려들 생각은 없었다.

그래서 일곱 부대의 부대장이 모여서 고지를 탈환할 방법에 대해서 회의를 시작했다.

하지만 그들의 회의는 오래가지 못했다.

버번쩍!! 콰과과광!

콰드드드그! 우르르르릉! 쿠르르르르릉!

갑작스럽게 몬스터가 점령한 산 정상에서 엄청난 빛과 함께 광음이 터져 나왔다. 그리고 그 여파에 수많은 몬스터들이 육편(肉片)이 되어서 사방으로 비산했다.

"뭐야?"

"쓰벌, 저게 뭐냐?"

"지금 저게 저들이 싸우는 간접 여파란 말이야?"

"미쳤군. 산봉우리가 뜯겨 나갔다고. 그런데 그게 저것들이 싸워서 생기는 충돌의 여파라고? 미친 거지?"

갑작스러운 사태에 부대원이 있는 곳으로 돌아온 세현은 부대원들의 그런 말을 굳이 듣지 않아도 상황을 알 수 있었다.

어스 부대가 점령하고 방어해야 할 산의 정상 부분에서 몇몇 인영(人影)이 맞붙어 싸우고 있었다.

그런데 단지 그들이 맞붙어 싸우는 여파로 산이 무너지고, 몬스터가 떼로 죽임을 당한 것이다.

"저게 보라색 등급의 능력입니다. 허허. 자주 볼 수 있는 장면은 아닙니다."

메콰스가 오랜만에 세현에게 조언을 했다.

"보라색 등급이라… 보는 것만으로도 머리카락이 쭈뼛 솟구치는 것 같습니다. 에테르 유동이 끔찍하게 느껴질 정도군요."

"그렇지요. 저들이야말로 바로 진화의 정점에 있는 이들이니까요. 사실상 초인이라고 할 수 있지요. 그런데 초인이란 의미를 간단하게 생각하면 안 됩니다. 말 그대로 인간을 넘어선 존재를 말하는 것이니까요. 간혹 저들 중에는 행성파괴자가 나오기도 합니다."

"행성파괴자라고요?"

"개인의 힘으로 행성의 운명을 좌우할 수 있으면 그렇게 부릅니다. 게다가 그들이 말하는 바로는 그것조차 끝이 아니라고 하지만 말입니다."

"상상이 되지 않는 영역이네요. 지금도 저렇게 싸우는 모습을 보는 것도 버겁습니다."

"허허허. 그나마 다행이지요. 그조차 느끼지 못하는 이들이 많습니다. 강기를 뽑아낼 정도는 되어야 저들의 격을 조금이라도 짐작을 하지요."

"그나저나 저기에 행성 코어란 것이 있을까요?"

"그건 잘 모르겠지만 한 가지는 확실합니다."

"네? 확실하다니요? 뭐가요?"

세현은 메쾨스가 뭔가 꼭 하고 싶은 말이 있다는 것을 알아차리고 물었다.

"저 싸움의 승패에 따라서 이곳에 있는 몬스터와 인간의 생사가 결정될 거라는 것이지요."

"으음……."

세현은 메콰스의 말에 짧게 신음을 흘렸다.

메콰스의 말대로 저들의 싸움이 끝나고 어느 한쪽이 승리를 거두게 되면 반대쪽은 전멸을 피하기 어려울 듯했다.

콰과과과광!

"호호호홋, 제법이야. 어디 끝까지 해보자는 거지? 응? 호호홋."

"계집, 너의 심장을 뽑아주마!"

산을 중심으로 싸움을 벌이는 초인의 수는 양쪽을 합쳐서 총 열 명이었다.

그런데 그중에 한 쌍이 어스 부대가 있는 쪽으로 조금씩 전장을 이동하고 있었다.

"모두 물러나라! 괜히 싸움이 휘말려 개죽음 당하지 말고! 가자!"

세현이 급하게 부대원을 이끌고 후퇴를 결정했다.

그러자 어스 부대와 함께 있던 여섯 개의 부대도 어스 부대를 따라서 뒤로 물러났다.

"호호, 아주 오랜만에 전력을 다해서 싸울 기회가 생겼네? 그래, 이쯤 왔으니까 우리 둘이서 이제 결판을 내볼까?"

"계집, 그렇게 말을 한다고 네가 여기까지 밀린 것을 감출 수 있을 것 같으냐? 크하하핫."

"에효, 아무튼 폴리몬이라고 해도 제대로 배워먹은 놈이 없는 것 같아. 넌 딱 걸린 거야 새꺄!"

인간 종족에 속한 초인은 중키에 각선미가 뛰어난 미녀였다.

자신의 키만큼 큰 장검을 들고 가죽 갑옷을 입은 모습이었는데, 그녀가 검을 한 번 휘두를 때마다 넘실거리는 에테르의 물결이 폴리몬을 향해 쏟아졌다.

폴리몬 또한 그에 맞서서 에테르를 사용했는데, 무기를 들지 않았지만 양손에서 길게 자란 손톱에 맺힌 에테르가 수시로 인간 종족의 여자를 향해 날아들고 있었다.

때로는 거리를 두고, 때로는 서로 얼굴이 맞닿을 정도로 근접해서 부딪히는 두 존재 때문에 어스 부대는 연신 뒤로 후퇴해야 했다.

그리고 인간 종족의 여자의 말대로 폴리몬은 그녀에게 유인을 당한 것이 맞는 모양이었다.

처음에는 인간 종족의 여자가 계속 밀리기에 폴리몬이 전투에서 우위에 선 것처럼 보였는데, 얼마 지나지 않아서 여자가 폴리몬을 누르기 시작한 것이다.

조금씩 폴리몬의 몸에 상처가 늘어나는 것이 눈에 보일 정도였다.

"계집, 속였구나!"

"그러게, 내가 뭐래? 넌 딱 걸린 거라니까! 그러니까 그냥 죽어!"

콰과광! 카드드득! 서거걱!

"크아악! 계, 계집!"

여자의 장검이 끝내 폴리몬의 팔뚝을 잘라냈다.

왼쪽 팔뚝이 싹둑 잘린 폴리몬은 비명을 지르면서 계속해서 뒤로 물러났다.

하지만 여자는 그런 폴리몬을 놓아주지 않고 바짝 따라붙었다. 자칫 도망갈 틈을 주게 되면 오래지 않아서 몸을 회복하고 다시 전장에 합류할 테니 어떻게든 이 자리에서 결착을 보려는 것이 분명했다.

"그래, 죽여라!"

"죽여버려! 우와아아아!"

뒤에서 구경하던 부대원들이 고함을 질렀다.

어스 부대는 물론이고, 함께 고지를 점령하기 위해 모였던 다른 여섯 부대의 생존자들도 기세를 올리며 함성을 지르고 있었다.

"크아아아압! 이대로 당할 것 같으냐! 크아아아!"

하지만 보라색 등급으로 예상되는 폴리몬도 만만치는 않았다.

계속 밀리면서도 쉽게 쓰러지지 않고 여자와 맞섰다.

팔뚝 하나가 잘려나가서 오른손으로만 상대를 하면서도 여자의 공격을 어떻게든 막아내며 버티고 있었다.

콰과과광! 콰과광!

산의 정상 쪽에서 엄청난 충돌이 일어난 것은 바로 그때였다.

그것은 워낙 강력한 충돌이어서 사실상 어스 부대는 소리보다 몸으로 먼저 그 여파를 느꼈다.

"피, 피해!"

"엎드려!"

"어이쿠야!"

"케엑!"

갖가지 소리를 내며 부대원들이 여기저기로 날아가며 처박혔다.

세현 역시 산에서 밀려온 힘을 견디지 못하고 한참을 밀려갔다. 그나마 꼴사납게 땅바닥을 구르지 않은 것이 용하다 싶을 정도였다.

"크허허, 굉장하군요."

메콰스 노인이 세현의 부축을 받아 몸을 일으키며 앓는 소리를 했다.

그의 시선은 한쪽을 향하고 있었는데, 바로 충돌이 있어난 산 쪽이었다. 세현은 메콰스의 시선을 따라가다가 입을 벌리고 잠깐 동안 할 말을 잊었다.

"…세상에, 산이 사라지다니."

"허허어, 지금은 서둘러 물러서야 하지 않겠습니까?"

메콰스가 세현의 눈치를 보며 말했다.

아무래도 아무것도 하지 못하고 도망을 쳐야 한다는 조언을 하는 것이 쉽지 않은 기색이다.

하지만 세현은 곧바로 고개를 끄덕이며 어스 부대를 향해 고함을 질렀다.

"모두, 물러난다. 여긴 우리가 할 일이 없다!"

뭐? 지구 출신이라고?

콰과광!

후두두두둑!

"이크, 피해! 돌 날아온다!"

"어이쿠!"

털퍼덕!

제법 멀리 떨어져 나왔어도 여전히 싸움의 여파가 어스 부대의 머리 위로 떨어져 내리곤 했다.

계곡을 통해서 후퇴를 하고 있지만, 종종 커다란 바위가 날아와 떨어지며 계곡의 일부가 허물어지곤 했다.

"지랄! 이게 뭐… 고래 싸움에 새우등 터지는 것도 아니고."

팀 미래로의 대원 중 하나가 몸에 묻은 흙먼지를 털어내며 투덜거렸다.

"웅? 무슨 소리야? 그건?"

함께 몸을 피했던 유럽 팀의 대원이 고개를 갸웃거리며 물었다.

"우리나라에 있는 속담이다. 고래들 싸움에 아무 상관도 없는 새우가 고생을 한다는 거지."

"히야, 그거 지금 우리 상황이랑 딱 맞는 것 같은데?"

"뭐래? 너희 나라엔 비슷한 말 없냐?"

"몰라, 우리 독일엔 없는 것 같은데?"

"야, 우리 프랑스엔 있어. 영어에도 비슷한 말은 있을 걸? 무식한 거 티 내냐?"

그래도 어느 정도 여유가 생겼는지 어스 대원들이 별것도 아닌 문제를 두고 실랑이를 시작한다.

"그나저나 저것들, 정말로 보라색 등급인 걸까?"

호올이 세현의 곁에 붙어 서서 뒤를 돌아보며 말을 걸었다. 아직도 전투를 벌이고 있는 무지막지한 존재들에 대한 이야기였다.

"음, 모르지. 솔직히 내가 보라색 등급이 되면 어느 정도 수준이 될 거라고 예상했던 것이 있었는데, 그것과는 차이가 크네. 그것도 엄청."

세현이 호올의 말에 살짝 고개를 저으며 대답했다.

저 먼 곳에서 싸우고 있는 존재들은 말 그대로 정말 어떤 한계를 벗어난 존재들로 느껴진 까닭이다.

세현이 상상했던 남색 등급이나 보라색 등급의 몬스터는 절대 저런 정도는 아니었다. 그리고 세현, 자신이 보라색 등급의 천공기사가 되었을 때를 상상하며 잡았던 기준도 저들과는 차이가 있었다.

"그러니까 말이지. 솔직히 저런 존재들이 날뛰면 우리 같은 것들은 그냥 고개 처박고 처분만 기다려야 하는 거잖아."

"굉장하긴 했지. 산을 단번에 박살낸다는 거… 상상이 아니라 실제로도 가능하다니, 어이가 없지."

세현도 호올의 말에 다시 한 번 동감을 표시했다.

그렇게 세현은 어스 부대를 이끌고 개미지옥의 인간 종족 도시로 되돌아왔다.

그리고 그들이 관리본부에 가서 의뢰에 대한 보고를 했을 때, 관리본부에서는 의뢰 실패가 아니라 일부 성공으로 평가하고 약간의 공적 점수를 지급했다.

관리본부에서도 규격 외의 존재들이 그곳에서 싸움을 벌이는 상태에서 의뢰를 완수할 수 없었던 불가항력을 인정해 준 것이었다.

*　　　*　　　*

싸움은 자그마치 이틀이 더 지나고 난 후에 끝이 났다.

그리고 싸움이 끝났을 때, 투바투보의 개미지옥 인간 종족 도시는 축제에 휩싸였다.

아군의 초인들이 적 폴리몬 다섯 중에 넷을 잡아 죽였고, 투바투보의 행성 코어를 인간 종족 쪽에서 확보했다는 낭보가 전해졌기 때문이다.

"크하하! 마셔, 마시라고!"

"우아하하하! 좋다, 좋아! 꿀꺽, 꿀꺽, 꿀꺽!"

"자자, 영웅들을 위하여 건배!"

"그래, 그래. 영웅들을 위하여 건배! 덕분에 이번에 어마어마한 공적 점수가 나온다고 하잖아. 당연히 영웅들을 위해 건배를 해야지! 크하하하하!"

"부어! 어서 부어! 여기 술! 술을 더 가지고 와!"

쾅쾅쾅쾅!

술잔으로 탁자를 두드리며 술을 재촉하는 소음이 여기저기서 들렸다.

"그나저나 이제 여기도 오래지 않아서 정리될 것 같은데, 그렇게 되면 여기 있는 병력들은 어디로 가야 하지?"

세현이 어스 부대의 팀장과 호올, 메콰스를 대동하고 한 테이블에 앉아서 도수가 낮은 술로 목을 축이며 물었다.

다른 대원들은 여기저기 탁자를 차지하고 앉아서 술을 마시거나 마음이 맞는 동료와 함께 좀 더 끈적거리는 술집을 찾아나선 상황이었다.

"허허, 행성 코어를 확보했으니 분명 투바투보는 인간종족의 영역이 될 겁니다. 하지만 그것도 단시간에 이루어지는 것은 아니지요. 그러니 지금 당장 걱정할 일은 아닙니다."

메콰스가 술이 담긴 커다란 금속 재질의 잔을 기울여 입술을 축이며 말했다.

"대장님, 다른 놈들 이야기를 들어 보니까 행성 코어를 확보하고 그 코어를 이용해서 에테르를 조절하는 것도 엄청 시간이 걸린다고 합니다."

팀 미래로의 현필이 세현에게 말했다.

요즈음 투바투보 전체에서 가장 많이 들리는 단어가 행성 코어였다.

당연히 그에 대해서 이리저리 떠도는 이야기들이 많아서, 정보를 얻기가 수월했다. 그래서인지 이전에는 행성 코어에 대해서 모르는 이들이 대부분이었는데, 이제는 행성 코어를 모르는 사람이 없었다.

"세현, 아직 싸움이 끝난 것은 아니야. 자칫 놈들의 역습으로 행성 코어를 잃을 수도 있으니까 말이야."

호올도 아직은 마음을 놓을 때가 아님을 세현에게 강조했다.

"그렇지. 투바투보에 평화가 오려면 적어도 십 년 이상은 에테르 기반 생명체들을 몰아내야 할 거라는 전망이 있다고. 내가 관리본부에서 근무하는 아가씨를 슬슬 꼬드겨서 알아냈단 말이지."

존슨 팀장이 뭔가 뿌듯한 표정으로 지으며 말했다.

"관리본부의 누구? 그 머리에 깃털 달고 있는 여자 아니면 그 어깨 좀 내리지?"

하지만 란탈로가 존슨을 보며 그렇게 말하자 존슨의 어깨가

추욱 처졌다.

사실 란탈로가 말한 여성 사무원을 빼고 다른 여성 사무원들은 크게 매력적인 여성들은 아니었다.

그러니 단 한 명뿐인 미녀를 차지한 것이 아니면 자랑스러워할 일은 아니란 뜻이고, 존슨도 그걸 인정하고 기세가 꺾인 것이다.

"쳇, 그러는 너는? 그조차도 못하면 좀 가만히 있지?"

존슨이 슬쩍 란탈로를 타박했다.

"뭐, 그래, 인정. 하지만 그래도 관리본부 여자들은 아니지."

란탈로는 자신이 여자들과 좋은 관계를 만들지 못했다는 것은 인정했다. 하지만 그러면서도 존슨의 성공을 별로 대단하게 생각지 않음을 분명히 했다.

"시끄럽고! 일단 대장에게 물어볼 말이 있는데?"

존슨이 란탈로에게서 고개를 돌려 세현을 바라봤다.

"뭐지?"

세현이 술잔을 내려놓으며 존슨을 바라봤다.

"대장은 계속 여기에 있을 건가?"

존슨이 물었다.

"그래야겠지. 지구에서의 문제는 길드의 고문들이 알아서 하고 있고, 실제로 내가 운용하는 팀은 팀 미래로가 전부라고 할 수 있으니까. 거기다가 나는 여기서 아직 알아봐야 할 것이 있고."

"그럼 우리도 대장하고 한동안 여기서 함께 있어야겠군?"

존슨이 확인하듯이 물었다.

"아니, 뭐 지구로 돌아가고 싶다면 그 정도는 해줄 수 있지. 그동안 모은 공적치도 있을 거고, 이번에 행성 코어를 확보하면서 투바투보 전체에 풀리는 점수도 있을 테니, 필요한 것들은 어느 정도 구할 수 있지 않나?"

세현은 존슨 이외에도 압둘라와 주영휘, 란탈로, 이춘길 등을 한 번씩 쳐다보며 말했다.

이곳 투바투보에서 공적 점수로 이면공간 통행증을 구하는 것은 그리 어렵지 않은 일이었다. 분쟁지역이 이곳에서 공적 점수로 구할 수 있는 것은 굉장히 다양했다.

세현이 생각하기에 어스 부대를 이룬 각각의 조는 탕진하지 않고 모았다면 이제는 충분히 목적을 달성할 공적 점수를 모았을 것 같았다.

"그야 그렇긴 하지만, 그렇다고 우리 볼일이 끝났다고 어스 부대를 해체시킬 수는 없지 않나?"

존슨이 세현을 보며 말했다.

"그야, 전에도 이야기했지만 어스 부대를 구성하는 최소 숫자를 맞추는 것은 우리 미래 길드의 길드원으로도 가능하니까 걱정 할 필요 없어. 물론 지금 대원들이 정예란 점은 분명하니 아쉽긴 하겠지만 말이야."

세현은 어스 부대에서 팀 미래로 이외의 대원들, 심지어는 태극 길드에서 파견 나온 이춘길 등의 본대 인원까지도 완전히 자신의 사람으로 생각하지 않고 있었다. 그들은 나름대로 자신들이 속해 있는 조직을 위해서 분쟁지역을 찾은 이들인 것이다.

그것이 통행증을 위해서거나 혹은 정보를 얻기 위해서거나 간에.

"음, 하지만 우리도 지금 당장 지구로 돌아갈 생각은 없다고. 대장이 우리가 준비한 것들을 지구로 보내주면 되니까 말이야."

"그건 그렇지. 꼭 지구로 돌아갈 필요가 있는 건 아니지."

압둘라가 존슨의 말에 맞장구를 쳤다.

"이곳 투바투보의 전투 상황도 이전보다는 조금 더 여유가 생기지 않겠어? 지금 당장이야 몬스터 놈들이 미친 듯이 격렬하게 반격을 하고 있다곤 하지만 말이야."

주영휘도 어스 부대에서 당장 빠질 생각은 없음을 넌지시 드러냈다.

"이렇게 되면 당분간 어스 부대는 그대로 유지가 되는 건가? 하긴, 한 번 지구로 가버리면 다시 이곳으로 올 수 있는 방법이 없긴 하지. 아직까지 이곳으로 오는 길도 모르잖아."

란탈로 역시 다른 이들과 행동을 같이할 뜻을 비쳤다.

"캬하! 좋다. 결국 한동안은 다시 뭉쳐서 다녀야 한다는 거잖아. 자자, 건배, 건배! 어스 부대를 위하여!"

존슨이 잔을 들며 건배를 외쳤다.

그리고 모두들 그를 따라서 잔을 들었다.

탁, 타닥, 텅!

"커억!"

"크아아아! 좋다."

"끄억!"

존슨의 선창에 다른 사람들이 제창하며 술잔을 비우고 탁자 위에 잔을 내려놓았다.

그리고 그때, 그들의 테이블에 생각지도 못한 인물이 찾아왔 다.

"여긴 어떻게 여자라곤 하나도 없어? 지구 놈들은 역시 아직 도 그런 거야?"

세현 일행의 흥을 깨는 조금은 차가운 목소리가 들리자 모두 의 시선이 목소리의 주인에게로 향했다.

"허억!"

"어어어어?"

"맞지? 응? 맞지?"

"……!"

과묵한 메콰스까지 얼굴 가득 경악을 감추지 못하고 그녀를 바라봤다.

덜컹! 우르르르, 쿠당탕!

그리고 세현 일행은 일제히 의자에서 일어났다.

그 서슬에 의자들이 이리저리 밀려나서 쓰러지는 것은 신경도 쓰지 못했다.

"어… 쩐 일이십니까? 투바투보의 영웅께서 이런 누추한 곳을 다 찾으시다니요?"

세현이 대표로 그녀에게 말을 걸었다.

"뭐, 지구에서 온 부대가 있다고 해서 왔지. 어떤 사람들인가 궁금했거든."

"지구… 설마 지구 출신이십니까?"

세현이 물었다.

"아, 그렇다고 하기도 뭐하고, 아니라고 하기도 뭐하고 그러네. 대충 그렇다고 하자고. 지구 출신이라고 해도 틀린 말은 아니지. 이곳에선."

여자는 그렇게 말을 하곤 의자 하나를 옆 테이블에서 끌어와서 세현 일행이 앉았던 테이블에 자리를 잡고 앉았다.

"뭐해? 앉아. 오랜만에 고향 사람들 만나니까 좋네. 자, 앉으라니까?"

"아, 네."

"야야, 앉자. 앉아. 거기 의자 세워라."

존슨과 란탈로가 수선을 피우며 자리를 잡고 앉으면서 다른 이들도 부산스럽게 움직였다.

"반가워. 난 진미선이라고 해. 좀 꼬였지만 지구 출신이라고 할 수 있고."

모두 자리를 잡자 여자, 진미선이 자신을 소개했다.

이름과 출신을 말한 것뿐이지만 세현 일행은 충격에서 벗어나지 못하고 있었다.

"지구 출신 중에서 미선 님과 같은 경지에 오른 사람이 있을 거라곤 정말 상상도 못했습니다."

세현이 진미선을 보며 믿기 어렵다는 듯이 말했다.

투바투보를 구한 다섯 명의 영웅들.

그 인외의 경지에 있는 이들 중에 하나가 지금 세현의 눈앞에 있는 것이다.

"왜? 내가 여자라서?"

"아닙니다. 남녀를 떠나서 이면공간이 발견된 것이 그리 오래되지도 않았는데 그 시간 동안에 그만한 경지에 오르는 것이 가능하다는 생각을 못했기 때문입니다."

조금 까칠하게 올라가는 미선의 목소리에 세현이 곧바로 대답했다.

"뭐, 그건 그렇지. 하지만 이 우주엔 꽤나 비밀이 많아서 말이지. 시간이나 공간도 우주 전체로 보면 워낙 왜곡이 많아. 아, 그건 중요한 것이 아니지. 그보다는 듣자니까 지구에 문제가 생겼다며?"

진미선이 세현 일행을 훑어보며 말했다.

"문제라니요?"

"뭐, 이면공간을 만든다고 실험을 하다가 지구와 이면공간 사이에 구멍을 만들었다는 이야기도 있고, 그 실험을 했던 사람들을 배신자로 규정하고 서로 싸우고 있다는 이야기도 있고 말이야."

"그건 사실입니다."

"그래, 그 이야기를 좀 듣고 싶어. 어떻게 된 건지 궁금하거든?"

진미선이 서늘한 눈빛으로 세현 일행을 보며 말했다.

수상한 진미선!!

"그래서 결국 크라딧하곤 원수가 되고, 지구에선 몬스터 때문에 난리가 났다는 거네?"

진미선이 한동안 세현과 어스 부대원들의 이야기를 듣다가 그렇게 정리를 하며 세현을 쳐다봤다.

"그렇습니다."

"그래서 지구는 어느 정도야? 몬스터가 얼마나 나타난 거야? 등급은?"

"어느 정도 균형을 맞춘 상태에서 조금씩 밀어내는 중이고, 파란색 등급이 간혹 보이는 상황입니다."

"남색 등급은?"

"손가락으로 꼽을 정도? 그 정도입니다."

"나오긴 했다는 거군?"

"그렇습니다."

"곤란하네."

"네?"

세현은 진미선이 곤란하다고 하면서 표정이 굳어지는 것을 보며 가슴이 덜컥했다.

진미선 같은 존재, 초인의 능력을 지닌 이가 문제라고 생각하는 일이라면 얼마나 심각한 걸까 하는 생각이 들었던 것이다.

"이야기를 들어보면 몬스터들이 쏟아지는 이면공간이 있다고 했지?"

"그렇습니다. 우린 그곳으로 레이드를 들어가서 토벌을 진행하곤 합니다."

"그래. 그것도 방법이긴 하지. 하지만 그건 임시방편일 뿐이야. 가장 중요한 것을 빼놓고 있는 거지."

세현은 진미선의 말에서 문득 떠오르는 것이 있었다.

"역시 지구 어딘가에 있을 에테르 코어가 문제인 겁니까?"

"맞아. 바로 그거지. 이면공간에서 몬스터들이 막 쏟아지고 하니까 문제가 이면공간 안쪽이라 생각하기 쉬운데, 실상은 그게 아니거든."

"그게 아니라면 지구에 있는 에테르 코어가 뭔가 하고 있다는 말씀입니까?"

"맞아. 이면공간에서 몬스터들이 나오는 것은 이면공간과 지구 사이에 통로가 생기기 때문인데, 그 통로는 이면공간에 있는 에테르 코어가 만드는 것이 아니야. 지구에 있는 에테르 코어가 만드는 거지."

"지구에 있는 에테르 코어……."

세현은 가슴이 답답해지는 것을 느끼며 중얼거렸다.

"그래. 그게 문제지. 그 녀석이 지구로 몬스터를 끌어들이고 있는 거야. 그러면서 자신만의 영역을 만들고 있겠지."

"하지만 지구 어디에서 영역을 만든다는 말씀입니까? 지구를 샅샅이 훑었지만 그런 곳은 찾지 못한 것으로 압니다."

세현은 에테르 코어의 영역이 지구에 있을 수 없다고 진미선에게 반론을 펼쳤다.

인공위성이 아직 제 기능을 하는 것들이 많았다.

지구 어디라도 인공위성의 눈을 피하긴 어려웠다.

"쉽게 찾을 수 있었다면 우주의 수많은 행성이 에테르 기반 생명체에게 점령을 당하진 않았을 거야."

하지만 진미선은 코웃음을 치듯이 세현의 반론을 되받아쳤다. 이전에 일어난 다른 행성들의 수많은 멸망을 예로 들면서.

"으음……."

세현은 그런 진미선의 말에 신음 소리를 내며 대꾸를 하지 못했다.

"아마도 지구의 에테르 코어는 이미 거점을 마련했을 거야. 그리고 그 거점 역시 이면공간이겠지."

"네? 이면공간에요?"

"그래. 에테르 코어와 연결된 하나의 세상을 만들고 그 안에서 열심히 몬스터와 마가스, 폴리몬을 키우고 있을 걸?"

"그럼 어떻게 해야 합니까? 그 이면공간으로 들어가서 그것들을 처리해야 하는 겁니까?"

세현이 진미선을 보며 물었다.

"가장 간단한 방법은 지구에 있는 에테르 코어를 처리하는 거지. 그중에서도 가장 위에 있는 모체, 그걸 찾아서 처리를 하면 지구의 위기는 쉽게 해결될 거야. 거점을 이면공간에 만든다고 해도 지구의 에테르 코어 자체는 숨지 못해. 그게 이면공간으로 들어가면 지구와 연결이 끊어지게 되는 거니까."

"음. 원흉이 되는 놈은 이면공간에 숨을 수 없을 거란 말이군요? 하지만 찾아서 처리하는 것이 쉽지는 않겠군요?"

"당연하지. 그 코어란 것이 커봐야 얼마나 크겠어? 겨우 어린아이 머리 크기밖에 안 된다고. 그걸 지구에서 찾아야 하는 거지. 그게 쉬울 것 같아?"

"모래사장에서 바늘 찾기보다 어렵겠군요."

"바늘이 아니라 점 찍힌 모래알을 찾는 거지. 사실상 불가능하다고 봐야 해. 더구나 지구의 행성 코어는 잠들어 있으니까 말이야."

"행성 코어가 잠들어 있다니요?"

세현은 뜻밖의 말에 깜짝 놀라며 되물었다.

"행성 코어는 그 행성을 대표하는 의지야. 그런데 행성에 따라서 그 의지가 왕성하게 활동을 하는 경우가 있는가 하면, 지구처럼 잠들어 있는 경우도 있지. 음, 이렇게 생각하면 되는 거야. 행성에 신격이 활발하게 활동을 하느냐 아니냐의 차이지."

"그 말은 행성 코어가 신이란 말입니까?"

"거창하게 생각하면 그런 거지. 지구 전체를 조율하는 의지니까. 하지만 알다시피 지구의 의지는 활동을 하지 않잖아. 안그래?"

"그렇지요. 종교는 있지만 지구에서 그 믿음의 대상이 직접현실에 영향을 끼치는 일은 전혀 없었으니까요."

"그래. 그런 상태니까 지구의 의지는 잠들어 있다는 거야."

"그럼 그 행성 코어가 어쩌면 에테르 코어에게 잠식을 당했을 수도 있다는 겁니까? 이곳 투바투보의 경우에도 행성 코어가 에테르 코어와 하나가 되어 있었다고 들었습니다만."

세현이 진미선을 보며 물었다.

"음, 그건 좀 다른 이야긴데, 아무리 잠들어 있는 행성 코어라도 에테르 코어에게 쉽게 잡아먹히진 않을 걸?"

"그럼?"

"가능성이야 여러 가지지. 에테르 코어가 행성 코어를 잡아먹기 위해서 지금도 열심히 노력중이거나, 잠든 행성 코어를 건드리지 않고 힘을 키우기 위해서 조심조심 일을 꾸미고 있거나, 둘이 보이지 않는 곳에서 피터지게 싸우고 있거나."

"그럼 혹시라도 지구의 행성 코어를 깨울 수는 없습니까?"

세현은 막연한 희망을 가지고 진미선에게 물었다.

"와, 제법이네? 그걸 할 생각이야? 행성의 의지를 잠에서 깨운다고?"

그런데 진미선은 세현의 말에 과장스럽게 놀란 표정과 몸짓을 보였다.

"아니, 그걸 하겠다는 것이 아니라, 그럴 방법이 있는가 하는 겁니다. 아니면 행성 코어가 에테르 코어를 물리치는 데 힘을 보탤 수 있는 방법을 찾는 것도 좋겠죠."

"뭐가 되었건 행성 코어와 접촉해야 한다는 것은 짐작이 가지?"

세현의 말에 진미선은 그 모든 것이 행성 코어를 만나야 한다는 기본 조건이 필요하다고 말하고 있었다.

"그렇군요. 결국 신을 만나야 한다는 말이나 다름이 없는 거군요? 그것도 몇 천 년을 잠들어 있는 신을."

세현은 결국 자신이 하는 말이 어떤 의미인지 스스로 깨달았다.

"어머나, 그렇다고 그렇게 실망한 표정을 지을 건 없어. 세상에 노력해서 안 되는 일은 없는 거니까 말이야."

"방법이 있습니까?"

세현은 다시 한 번 희망을 가지고 진미선을 바라봤다.

*   *   *

진미선은 한동안 어스 부대와 함께하며 술잔을 기울이다가 돌아갔다. 그리고 그녀가 돌아간 뒤, 어스 부대의 술자리는 흐지부지 끝이 나고 말았다.

지구의 멸망에 대한 이야기를 주제로 술잔을 나눴는데 흥이 남아 있을 수가 없었던 것이다.

처음 술자리를 시작할 때의 흥겨움은 사라지고 지구의 위기에 대한 조급함만 부대원들의 가슴에 가득 남았다.

"도대체 어느 정도 수준이 되어야 행성 코어를 만날 수 있다는 걸까?"

"격이 다르다고 했잖아. 적어도 아까 봤던 그 여자 정도는 되어야 한다는 거겠지."

세현의 중얼거림을 들은 호올이 덤덤한 음성으로 말했다.

진미선이 행성 코어를 만날 방법으로 제시한 것은 다른 것이 아니었다.

그만한 자격을 갖추면 된다는 것.

그리고 그 자격이란 것은 인간으로서의 한계를 뛰어넘어 초인의 경지에 오르는 것이라고 말했다.

"아니, 그녀도 일방통행은 안 된다고 했잖아. 그녀가 원할 때에 가능한 것이 아니라 행성의 의지가 원할 때에 만날 수 있는 정도라고 했지."

"그게 어디야? 투바투보의 행성 코어를 발견한 것도 그들이 있었기 때문인 거잖아. 그 고차원적인 의지의 발산을 느낄 수 있어야 한다고 했지?"

"신의 목소리를 아무나 들을 수 있는 것은 아니란 소리지. 그나저나 도대체 그 여자는 뭐지?"

"응? 무슨 소리야? 갑자기 그 여자가 뭐냐니?"

세현의 말에 호올이 깜짝 놀라며 되물었다.

"우리 형이 천공기를 처음 발견하고 그 후로 많은 사람이 천공기사가 되었어. 하지만 지구인이 그 여자처럼 높은 경지에 오르는 것이 가능한가를 생각하면……."

"불가능하다고 생각하는 거야?"

"호올, 잘 들어봐. 형이 실종될 때까지, 형이 지구에서 가장 뛰어난 천공기사로 알려져 있었어. 그럼에도 불구하고 형은 남색 등급의 이면공간을 겨우 드나들 정도였지."

"그런데?"

"그런데는 무슨 그런데? 그 뒤로 시간이 흐르긴 했지만 어디서도 알려지지 않았던 사람이 갑작스럽게 초인의 모습으로 나타났다는 말이야. 그게 가능하다고 생각해?"

"왜? 그 진강현이란 너의 형이 그 경지에 올랐으면 그건 그럴 수 있는 거고, 진미선, 그 여자가 그 경지에 있는 건 이해가 안 된다는 거야?"

호올이 세현이 너무 자기중심적으로 생각하고 있음을 지적하듯 말했다.

"이름을 들어봐도, 우리나라 사람이란 말이지. 중국인 같은 느낌은 아니었어. 거기다가 너무 젊지 않아?"

그럼에도 세현은 자신의 의심을 버리지 못했다.

"외모로 나이를 따지는 건 아무 의미가 없지 않나? 지구의 의료 기술로도 가능할 텐데? 에테르를 이용한 생체 에너지 활용으로 훼손된 육체도 복구할 수준이잖아?"

"…그건 그렇지."

세현은 호올의 반론에 허탈한 목소리로 대답했다.

사실 겉으로 드러난 외모로 나이를 평가하긴 어려운 것이 사실이었다.

"내가 생각하기에 세현, 너는 지금 중요한 것을 잊고 있는 것 같다."

그런 세현에게 호올이 진중한 어조로 말했다.

"중요한 것을 잊고 있다고?"

"그래, 넌 네가 이곳까지 온 이유를 잊어버린 것 같아."

세현의 물음에 호올이 다시 한 번 되새김질하듯이 말했다. 그리고 세현은 호올의 말을 듣고서야 확실히 자신이 지금까지 놓치고 있었던 것이 있었음을 깨달았다.

사실 그것을 잊고 있었던 것은 아니지만 어스 부대가 투바투보에 적응하고 또 나름의 성과를 올릴 수 있게 이끄느라 그쪽은 신경을 쓸 수가 없었다.

더구나 나중에는 크라딧의 부대까지 등장해서 세현을 긴장시키는 바람에 더더욱 딴 곳에 신경을 쓰기 어려웠고, 그 때문에 미뤄두고 있었던 것이다.

"잊은 건 아닌데, 내게 여유가 없었지."

"그럼 이제 거기에 신경을 쓰지? 사실 네 고향인 지구에 문제가 있다고 하지만, 그걸 지금 알게 된 것도 아니잖아."

"그래, 그 말이 맞다."

세현은 순순히 호올의 말을 인정했다.

"맞아, 그런 의미에서 크라딧에서 왔다는 그놈들을 좀 파헤쳐봐야 할 것 같아."

그런 세현에게 호올이 이상한 소리를 했다.

세현은 그게 무슨 소린가 하는 표정으로 호올을 쳐다봤다.

"내가 몰래 알아보고 있었는데 말이야. 그놈들, 아무래도 네 형에 대해서 뭔가 알고 있는 것 같더라고."

"뭐? 정말이야?!"

세현이 고함을 질렀다.

덕분에 조용히 술을 마시던 어스 부대원들의 시선이 세현과 호올이 앉아 있는 테이블로 집중되었다.

"아아, 우리끼리 하는 이야기니까 신경 꺼!"

호올이 그런 부대원들에게 손을 내저었다.

하지만 몇몇 부대원의 시선은 한동안 둘에게서 떨어지지 않았다.

"그 말, 정말이야? 크라딧이 형에 대해서 알고 있다고?"

세현이 목소리를 낮춰서 호올에게 물었다.

"정확하게 그들이 알고 있다는 말은 아니야. 다만 그들의 관심이 그 진강현이라는 천공기사에게 있다는 건 확실하지. 네가 해야 할 일을 그들이 대신해서 하고 있더라고."

"내가 해야 할 일이면?"

"니네 형의 행적을 그들이 쫓고 있더란 소리지 뭐겠어?"

"그래? 그놈들이?"

세현의 눈빛이 서늘하게 빛났다.

Chapter 2

형의 다이어리에 나타난 형수

세현은 침대에 길게 누워서 오랜만에 형이 남긴 다이어리를 펼쳤다.

사실 그 다이어리는 이미 몇 번이나 끝까지 읽은 것이었다. 진강현은 그 다이어리에서, 세현에게 천공기사가 될 수 있는 길을 제시하고 몇 가지 수련법을 남겼다.

거기에 더해서 조금 더 쉽고 안전하게 성장할 수 있는 이면 공간을 소개하고, 편법이라고 할 수 있는 팁을 몇 가지 적어 놓기도 했다.

하지만 진강현의 다이어리에서 소개한 성장 한계는 파란색 등급 정도였다. 그 이상은 세현이 알아서 해야 할 문제인 것이다.

다이어리의 내용은 거기까지였다.

그런데 세현은 어느 정도 실력을 키운 후에, 형의 다이어리를 봤을 때, 거기에서 형이 숨겨 놓은 비밀스러운 문구들을 발견했다.

형이 원하는 일정 수준에 올랐을 때에만 볼 수 있는 내용들이었다.

에테르를 이용해서 일정한 패턴을 가지고 암호처럼 적어 놓은 글귀들이 다이어리에 숨어 있었던 것이다.

사실 그것은 세현이 어느 정도 성장할 때마다 마치 봉인이 풀리듯이 하나씩 알아볼 수 있도록 되어 있었다.

때론 응원의 글귀가 있었고, 때론 수련에 도움이 될 수 있는 조언이 적혀 있었다. 물론 그 역시 이제는 몇 번이고 꼼꼼하게 살펴서 남은 것이 없었다.

이제 다이어리는 세현에게 남은 형의 흔적이라는 의미 이상은 없는 물건이 되어 있었던 것이다.

"휴우, 도대체 어디로 갔을까? 형이 사라진 그곳에서도 형의 흔적은 찾지 못했다고들 했지… 그게 거짓말은 아닐 거야. 크라딧 놈들 외에도 제법 많은 이들이 그곳에 드나들었어."

세현은 진강현이 사라진 남색 등급의 이면 공간에 배반의 크리스마스 이전에도 제법 많은 이들이 들어갔다 나온 것을 알고 있었다.

그리고 그들이 형인 진강현의 흔적을 찾기 위해서 많은 노력을 기울였음도 알고 있었다. 물론 그들이 형을 구하기 위해서 흔적을 찾았던 것이 아니라, 형이 지녔을 비밀을 캐기 위해서 찾았던 이들이 대부분임도 알고 있었다.

하지만 이유가 어찌되었건 그렇게 눈에 불을 켜고 형을 찾았음에도 형의 흔적을 발견했다는 이야기는 어디에도 없었다.

크라딧이 된 이들이 숨겼을 가능성이 아예 없는 것은 아니지만, 그들 이외에도 그곳을 탐험한 이들이 제법 있었다. 그들까지 거짓말을 했을 확률은 높지 않으니 형의 흔적을 찾지 못했다는 말이 진실일 것이다.

"당시 상황을 보면 형이 스스로 종적을 감췄다고 생각하는 것이 옳아. 그렇지만 지금까지 형이 나타나지 않고 있는 것은 중간에 뭔가 일이 어긋났다는 의미야. 지금은 과거의 일 때문에 형이 숨어 있어야 할 이유가 없으니까."

당시에 진강현이 벌인 일은 사실상 국가에 대한 반역이라고 해도 할 말이 없는 일이었다.

국가 프로젝트를 무산시키고 그 핵심이 되는 정보를 파괴하거나 혹은 은닉해서 사라진 거니까.

물론 그것이 개인적인 이익을 위해서가 아니었다는 것은 분명하지만 당시에 상황을 판단한 대부분은 진강현을 반역자로 규정했었다.

그러니 몸을 숨기는 것도 어쩔 수 없는 선택이었을 것이라고 세현은 이해했다.

그 때문에 진강현이 가졌던 부와 명예를 국가에서 회수한 것도 이해 못할 바는 아니었다. 적어도 당시 상황만 놓고 보면 세현도 이해할 수밖에 없는 일면이 있었다.

도리어 진강현을 역적으로 몰고 대대적으로 여론을 움직이지 않은 것을 고맙게 생각해야 할 부분도 있다고 생각하는 세현이었다.

"그래도 지금은 아니지. 이젠 형이 나타나서 스스로를 변호하면 대부분의 문제는 해결이 될 상황이니까. 그런데도 형이 나타나지 않는 것은 형이 그럴 수 없는 상황이란 말이 되는 거지."

세현은 처음 형의 실종은 형이 스스로 벌인 일이었을지 모르지만 지금까지 나타나지 않는 것은 절대 자의가 아닐 거라고 확신했다.

"도대체 무슨 일이 있는 거야?"

세현은 치밀어 오르는 짜증을 억누르며 중얼거렸다.

[음음. 세현, 화나?]

그때, '팥쥐'가 세현의 배 위에 모습을 드러냈다.

"아니야. 괜찮아. 형이 조금 걱정되어서 그런 거야."

[음음. 알아. 세현. 언제나 형 걱정해. 보고 싶어 해. 음.]

"그래. 그런데 형은 그걸 모르는 모양이야."

[음. 그거 형 수첩이야.]

"그래. 형이 남긴 거지."

세현은 살짝 상체를 고쳐 세워 앉으며 다이어리를 휘어서 엄지를 이용해 페이지를 좌르르륵 넘겼다.

[음. 음음!! 음음음!!]

그러자 '팥쥐'가 버둥거리며 다이어리 쪽으로 손을 내밀었다.

작은 햄스터인 '팥쥐'는 세현이 들고 있는 다이어리에 손이 닿지 않는 것이다.

"왜? 뭐?"

[음! 다시 해. 그거.]

"그거라니? 뭐?"

[음. 조금 전에 수첩 파라락! 파라락! 그거!]

세현은 '팥쥐'가 말하는 파라락이 뭔지 잠시 생각하다가 자신이 다이어리의 페이지를 넘긴 동작을 말하는 것임을 알고 다시 같은 동작을 했다.

파라라라라라라락!

다이어리는 짧은 시간에 페이지가 넘어갔다.

[음! 있어. 그거야! 거기 있어. 다시 해. 음음!]

'팥쥐'가 다시 흥분해서 세현에게 말했다.

"있다니? 뭐가 있다는 거야? 여기에?"

세현은 다시 다이어리의 페이지를 넘겼다.

파라라라락, 파라라라락, 파라라라락!

[음! 찾았어! 역시 나는 훌륭해! 음음.]

세현이 몇 번 동작을 반복하자 '팥쥐'가 환호성을 질렀다. 세현은 '팥쥐'가 다이어리에서 뭔가 발견을 했다는 것을 느끼고 심장이 두근거리는 것을 느꼈다.

형이 숨겨 놓은 뭔가가 다이어리에 남아 있다는 것이 그를 흥분시키고 있었다.

"찾았다고? 뭘 찾은 건데? '팥쥐'야, 뭐야?"

세현이 조급하게 '팥쥐'를 재촉했다.

[음! 있어. 파라라라락 하면 움직이는 에테르가 있어. 그게 그림을 만들어. 거기 적혀 있는 글씨 같은 그림을 만들어.]

'팥쥐'가 세현에게 설명을 하며 뭔가를 허공에 띄웠다.

[음. 이거야. 음음. 파라락할 때 만들어지는 그림이야. 음음.]

강현은 걱정하지 말아요. 무슨 일이 있어도 내가 그를 지킬 거예요. 그의 고집이 너무 세서 어쩔 수 없이 그를 따를 수밖에 없지만, 그래도 그가 위험하지 않게 지킬 테니 염려하지 말아요. 아마도 도련님이 이 글을 찾아내긴 어렵겠지만, 이렇게라도 약속을 해주고 싶어요. 강현은 무사할 거예요. 그리고 세현 도련님도 무사하길 빌어요. 물론 도련님께 큰 위험은 없을 테지만요. 다음에 꼭 웃으면서 볼 수 있을 거라고 믿어요. 참, 난 도련님의 형수예요.

"뭐야? 형수? 이건 또 무슨 소리야?"

세현은 '팥쥐'가 보여주는 영상에 깜짝 놀았다.

"이게 여기서 나온 거라고?"

세현이 다시 다이어리의 페이지를 파라락 소리가 나도록 넘기며 '팥쥐'에게 물었다.

[음. 맞아. 그거 파라락 하면 에테르 움직여. 아주 작은 에테르. 그리고 그게 그림 만들어. 음! 그림이 이거야. 음음.]

세현은 '팥쥐'의 확인을 의심하지 않았다.

'팥쥐'가 이런 것으로 자신을 속일 일은 없다.

그러니 지금 눈앞에 있는 홀로그램 영상은 분명히 다이어리에 숨겨져 있던 것이다.

'형에게 애인이 있었어?'

세현은 고개를 갸웃거렸지만 그에 대한 기억은 없었다.

'가만, 이건 형이 만든 다이어리야. 그리고 형이 에테르를 이용해서 숨긴 내용은 이미 다 파악을 했고. 그런데 형수라는 사람이 숨긴 이건 지금의 나로선 파악도 못할 정도야.'

세현은 순간 등골이 서늘한 것을 느꼈다.

'팥쥐'가 없으면 파악도 못할 정도로 은밀하게 숨겨진 내용이었다. 거기다가 형수란 사람은 자신이 그것을 발견하기 어려울 거란 예상도 하고 있었다.

그저 세현이 발견하지 못해도 상관없다는 투의 말이었고, 그럼에도 세현을 안심시키려는 뜻이 가득 담겨 있었다.

'어찌 되었건 이건 형도 알지 못하는 내용이야. 그렇다면 형수란 사람의 능력이 당시에 형을 앞서고 있었다는 말이 되나?

아니면 이런 쪽으로 특화된 능력자인가? 아니, 뭐가 되었건 보통은 아니란 소리잖아. 그런 여자가 형 곁에 있었다고?'

세현은 차분하게 생각을 정리하며 상황을 파악하려 애썼다.

*　　　*　　　*

"주영휘 팀장, 알아봤습니까?"

세현이 주영휘 팀장을 은밀히 만나서 물었다.

"몇 단계 건너서 접근을 해봤습니다. 확실히 그놈들이 진강현 천공기사의 흔적을 찾고 있는 것은 맞습니다."

주영휘는 한동안 크라딧 부대를 살피고 있었다.

물론 직접 그들과 대면할 수는 없으니 가깝게 사귄 이종족 부대원 몇을 이용해서 그들에게 또 다른 선을 만들어 크라딧 부대를 살피게 했다.

주영휘는 그러면서 크라딧이 동족들이 있는 행성을 배신하고 위험에 빠지게 만든 집단임을 설명하고, 크라딧에 대한 증오심을 심부름꾼들에게 심어주었다.

에테르 기반 생명체를 고향 행성에 끌어들이고 이면공간으로 도망을 친 배신자. 크라딧에 대한 그와 같은 설명은 심부름을 하는 이종족들의 적극적인 도움을 끌어내는데 아주 좋은 수단이었다.

에테르 기반 생명체는 인간 종족 전체가 증오하는 대상이었으니 당연한 일이다.

"형을 찾는 이유는 알아냈습니까?"

"정확히는 이야기를 하지 않는데, 아무래도 진강현 천공기사가 뭔가 가지고 있는 모양입니다."

주영휘가 조심스럽게 목소리를 낮추며 말했다.

"뭔가 가지고 있다고요?"

"그들이 배반의 크리스마스 실험에서 이면공간으로 들어갈 때, 실험이 온전히 성공하지 못한 것은 아시지 않습니까. 지구의 환경이 그대로 이면공간으로 옮겨진 것도 아니고, 이면공간 자체도 무척 환경이 열악하게 조성이 되었다는 거 말입니다."

"그래서요?"

"아마도 그들은 진강현 천공기사께서 그에 대한 해법을 가지고 있으리라고 생각하는 모양입니다. 거기에 더해서 뭔가 숨기는 것도 있는 것 같습니다. 그만큼 진강현 천공기사께서 굉장한 것을 가지고 있다고 봐야 하지 않을까 싶습니다."

주영휘는 진강현이 엄청난 보물을 지니고 잠적한 것이 아닌가 하는 생각에 목소리가 더욱 낮아졌다.

보물은 사람을 현혹시키는 마력이 있다.

진강현이 보물을 지녔다는 소문이 퍼져서 좋을 것은 하나도 없다.

"흠. 그렇군요. 그러니까 그들 역시 형의 행방을 아는 것은 아니란 말이군요?"

세현은 보물보다는 형의 행방에 더 관심이 있었기에 크라딧이 형의 근황을 모른다는 소리에 조금 실망스러운 표정을 지었다.

"네, 그렇습니다."

"그럼 혹시 투바투보에서 형에 대해서 얻은 것이 있는지는 알아봤습니까?"

그래도 혹시 하는 희망을 가지고 주영휘에게 묻는 세현이었다. 하지만 돌아오는 대답은 세현의 기대를 충족시키지 못했다.

"그것까진 확인을 할 수가 없었습니다. 그러자면 아무래도 그쪽 부대의 간부들을 회유해야 하는데, 전장의 동료라는 호감 정도로는 수준 높은 정보를 얻는 것이 쉽지 않습니다."

"하긴 그렇겠지요. 그렇다고 납치를 해서 정보를 얻을 수도 없으니 방법이 한정되어 있기도 할 거고 말입니다. 알겠습니다. 앞으로도 계속 신경을 써 주십시오. 대신에 들키지 않도록 조심하고요."

"알겠습니다, 대장님. 걱정하지 마십시오. 우리가 놈들을 염탐한다는 것을 들킨다고 뭐가 달라질 것이 있습니까? 놈들하고 우리 사이야 워낙 좋지 않은데 말입니다."

"하긴, 그것도 그렇긴 하지요."

어차피 서로 본 척도 하지 않고 지내는 사이였다.

투바투보가 아니라면 칼부림이 나도 이상할 것이 없는 사이였다. 지금 서로를 염탐한다는 것을 들킨들 무슨 의미가 있을까 싶은 세현이었다.

하지만 세현은 주영휘의 보고를 받고 며칠 지나지 않아서 크라딧 부대의 부대장을 만나게 되었다.

그 쪽에서 먼저 세현에게 만나자는 연락을 해온 것이다. 거기다가 그 연락에는 진강현에 대해서 이야기를 하고 싶다는 첨언이 붙어 있었다.

세현으로선 거부할 수 없는 초대인 셈이었다.

함께? 누구? 너희들과?

"또 보는군."

크라딧의 부대장과 세현은 몇 명의 부대원들을 대동하고 개미지옥 전장 도시의 작은 주점에서 만났다.

평소 인기가 없어서 손님이 별로 없는 주점이었다.

어차피 술이나 음식을 먹기 위해서 만나는 자리가 아니어서 주점은 일정 시간동안 크라딧 부대에서 대여한 것과 다름없었다.

"나로선 달갑운 자리는 아니야. 우리 형에 대해서 할 말이 있다고? 그게 아니었으면 나오지도 않았어."

세현은 다시 만난 크라딧 부대의 부대장에게 불편한 표정을 감추지 않았다.

"그런가? 그래도 이쪽에선 호의를 가지고 나온 거라고. 요즈음 그쪽에서 진강현 천공기사에 대해서 알아보느라 바쁜 것 같아서 말이지. 그래서 도움을 좀 주고받을까 해서 부른 거야. 웃자고, 응? 웃어, 하하."

크라딧의 부대장은 세현이 그들을 감시하고 있는 것을 알고 있다는 듯이 말했다.

"이전에야 몬스터들 때문에 정신이 없어서 어쩔 수 없이 미뤄 뒀던 일이지만, 요즘은 조금 여유가 있으니까, 동생인 내가 형을 찾는 건 당연하지 않나?"

세현이 그게 뭔 문제냐는 표정으로 대꾸했다.

"그렇지. 그래서 나도 그쪽에 호의를 가지고 말하는 거야. 함께하면 좋지 않겠어? 마침 이곳 투바투보의 상황도 괜찮아졌으니까 전장을 떠나는 것도 문제는 없을 것 같고 말이야."

"이곳을 떠나자고? 그것도 너희, 크라딧과 함께? 그건 모르겠군. 당신들과 우리가 함께해서 좋을 일이 있을까?"

세현은 별로 관심이 없다는 듯이 이야기를 했다.

하지만 그런 세현의 심장은 조금씩 빠르게 뛰고 있었다. 자신을 불러서 이런 이야기를 한다는 것은 형에 대해서 뭔가 알고 있다는 소리로 들렸기 때문이다.

적어도 자신을 끌어들일 뭔가가 없다면 할 수 없는 말이란 생각에 세현의 기대감이 올라가고 있었다.

"함께 다닌다고 문제될 게 뭐가 있지? 우리가 크라딧이라서? 그거야 굳이 밝히고 다닐 이유가 있나? 여기까지 올 수 있는 지구 출신은 너희와 우리 크라딧뿐인 걸로 아는데?"

"뭐?"

세현은 크라딧 부대장의 말에 깜짝 놀랐다.

저들이 세현과 어스 부대에 대해서 아는 것이 적지 않다는 것을 느낀 것이다.

"아닌가? 너희 중에서 여기로 올 수 있는 사람은 너, 진세현밖에 없지 않나? 네가 있어야 다른 이들도 이동이 가능하지. 쉽게 말해서 이면공간 사이를 건너뛰는 공간 도약을 한다는 거지. 우리야 차근차근 이면공간 통로를 이동해서 여기까지 올 수 있었지만, 너흰 아니잖아. 그러니 너희가 말을 하지 않으면 지구에서 뭘 알 수 있겠어?"

세현의 생각대로 크라딧의 부대장은 세현이 부대원들을 이동시키는 비밀을 어느 정도 알고 있었다.

"어떻게 알았지?"

세현이 물었다.

"뭐, 그게 비밀인가? 솔직히 너희 미래 길드는 물론이고 태극 길드, 그 외에 어스 부대에 참가한 대원들이 속한 길드에선 모두 아는 내용 아닌가? 그럼 그걸 우리들이 알아내는 것이 어려울 것이 뭐가 있지?"

"지구에 여전히 너희의 눈과 귀가 있다는 소리군."

세현은 살짝 한숨을 쉬면서 말했다.

"크크크. 그게 웃기는 거지. 이상하게 우리에게 호의적인 사람이 많거든. 그에 비해서 우리 정보를 그쪽에 전하는 경우는 별로 없고 말이야. 하긴, 우리는 모두가 하나라는 묘한 공동체 의식이 있긴 하지. 너희가 우리를 배척하면 할수록 우리는 우리끼리 뭉칠 수밖에 없기도 하고."

세현은 크라딧 부대장의 말을 들으며 속으로 한심하단 생각이 들었다.

세상엔 어디에나 제 이익을 위해서 남을 해치는 인간들이 있었다. 그것도 적이라고 할 수 있는 크라딧에게 지구의 상황을 전하는 이들이 많다니, 어처구니가 없는 일이었다.

"그래, 그래서 내가 너희와 함께 움직이는 것을 지구에 알리지 말라는 건가?"

"그게 너희들에게 좋지 않나? 그렇지 않으면 지구에서 너희가 우리와 함께했다는 말이 퍼지면서 너희를 배신자로 몰아갈 텐데?"

"그래, 그렇겠지."

세현은 크라딧 부대장의 말을 인정했다.

하지만 그렇다고 거기서 끝낼 생각은 없었다.

"그런데, 그런 위험을 감수하면서까지 내가 군이 너희와 함께 움직일 이유는 없지. 안 그런가?"

세현은 할 이야기를 다 했다는 듯이 테이블에서 일어났다. 그와 동시에 세현을 따라온 어스 부대원들 역시 몸을 일으켰다.

"워워워, 진정하지? 하던 말은 마저 듣고 가야 너한테도 좋을 텐데?"

크라딧 부대장은 세현의 갑작스러운 행동에 놀란 표정을 지으며 손바닥을 저으며 세현을 만류했다.

하지만 세현은 다시 테이블에 앉지 않았다.

"그래. 뭔가 하고 싶은 말이 있을 거란 생각은 드네. 그리고 그 말이 나를 끌어들일 정도로 가치가 있을지도 모르지. 그래서 궁금하긴 해. 하지만 그래도 나는 너희와 함께할 생각은 없어."

세현은 그 말과 함께 주점 밖으로 걸음을 옮기기 시작했다.

"이봐, 너희 형이 어디 있는지 아나?"

그런 세현에게 크라딧의 부대장이 다급한 목소리로 말했다.

우뚝!

세현의 걸음이 멈췄다.

하지만 여전히 세현은 크라딧 부대장이 있는 테이블을 등지고 있었다.

"우리 형이 어디 있는지 안다는 거냐?"

세현이 그 상태에서 물었다.

"적어도 너보다는 더 근접한 정보를 가지고 있지."

"그래?"

"그렇다. 그러니 고집 피우지 말고 함께하는 것이 어때?"

"정확히 어디에 있는지 알고 있나?"

"그, 그렇다."

세현의 물음에 크라딧의 부대장이 대답했다.

"저거, 거짓말 같은데?"

하지만 그 대답에 대해서 호올이 딱 잘라서 거짓말이라고 평가를 내렸다.

"나도 그렇게 느꼈다."

세현은 호올의 말에 그렇게 대답을 하고는 다시 주점 문을 향해 걷기 시작했다.

"자, 잠깐만 기다려라! 아직 할 말이……."

크라딧의 대장이 이번에는 정말 다급했던지 의자에서 일어나 세현을 따라붙으며 말했다.

하지만 세현은 가까이 다가온 크라딧의 부대장을 향해 몸을 돌려 그를 노려보았다.

"그만하지. 너희가 알아낸 것은 우리도 알아낼 수 있다. 그러니 굳이 너희와 함께할 이유가 없다는 것이 내 생각이다."

세현은 그렇게 말을 하고는 미련 없이 주점을 떠났다.

"야, 야! 이봐!"

크라딧의 부대장은 세현을 몇 더 부르다가 결국 포기하고 고개를 저었다.

"뭐야? 형을 찾는다면서 함께하는 제안을 거절해? 이게 말이 되나?"

그는 세현의 행동을 이해할 수가 없었다.

"괜찮습니까?"

크라딧 부대장의 제안을 거절하고 돌아온 세현에게 메콰스가 물었다.

"조금 늦어질 뿐입니다. 어차피 놈들이 이곳 투바투보에서 우리 형에 대해서 알게 된 것이 있다면 어떻게든 우리도 알 수 있을 겁니다."

"허허, 그야 그렇겠지만 그렇다고 그렇게 딱 잘라서 거절하고 돌아설 이유가 있습니까?"

메콰스는 설명이 필요하다는 표정으로 세현을 바라봤다.

"메콰스, 우리가 가진 것이 뭘까요?"

그런 메콰스에게 세현이 물었다.

"네?"

메콰스는 세현이 뭘 묻는지 모르겠다는 듯이 멍한 표정으로 되물었다.

"우린 아무것도 없습니다. 그런데 그놈들이 우리와 함께하자고 했지요. 형에 대한 정보를 제공하고 우리에게 요구한 것은 동행입니다."

"그렇지요."

"그럼 답은 간단하지 않겠습니까? 놈들에겐 우리가 있어야 하는 겁니다. 그중에서도……"

"세현 님이 필요한 것이로군요. 뭔가 문제가 생겼는데 그걸 해결하려면 세현 님이 있어야 하는 상황이라고 볼 수 있겠습니다."

메콰스도 이제는 세현의 말을 이해했는지 뒷말을 이었다.

"그런 거지요. 형의 종적을 따라서 가다가 어느 순간 내가 필요해졌다는 거지요. 그렇다는 말은……."

"누군가 세현 님의 형님과 친분이 있는 사람들이 있거나, 그게 아니라면 적대적인 관계에 있는 이들이 있겠군요. 친분이 있는 관계라면 동생인 세현 님을 통해서 뭔가 얻을 수가 있을 거고, 적대적인 관계라면……."

"나를 넘기고 원하는 것을 얻겠다는 거겠지요."

이번에는 세현이 메콰스의 말을 중간에서 가로챘다.

"허허허. 그러니 그들과 함께할 이유가 없다고 딱 자르신 거군요. 허허, 맞습니다. 확실히 그럴 가능성이 높겠습니다."

"그렇지요. 놈들이 전적으로 나에게 호의를 가지고 동행을 요청한 것이 아니라면 말입니다."

그럴 가능성은 없다고 생각하며 세현이 말했다.

세현은 크라딧의 부대장을 만난 후부터 본격적으로 형인 진강현에 대해서 알아보기 시작했다.

이전에는 크라딧 부대를 의식해서 조용히 했던 일을 이제는 드러낸 상태로 적극적으로 수소문을 하기 시작한 것이다.

그러자 하나씩 진강현에 대한 이야기들이 나오기 시작했다.

오래전에 이곳에 지구 출신의 전사가 있었다는 이야기가 나왔다.

그 시기가 대충 진강현이 실종되고 2년 정도 지난 후였다.

그때, 이곳에서 한동안 진강현으로 보이는 전사가 활동을 했고, 이후에 그가 속했던 부대가 투바투보를 떠날 때, 함께 떠났다는 내용이었다.

"음, 맞아. 여긴 개미지옥은 아니었고, 저 남쪽의 다른 전장에서 그를 만났지. 그 그림을 보니 기억이 나는군. 제법 실력이 있는 전사였지."

사진 속의 진강현을 보며 확인을 해주는 이가 있었다.

세현은 결국 진강현과 함께 같은 전장에 있었던 이를 만난 것이다.

투바투보의 다른 전장에서 활동을 하다가 한 번 고향으로 돌아갔던 그는, 다시 돌아와 개미지옥 전장으로 왔다는 무비족이었다.

무비족은 이면공간의 통역으로 그렇게 번역이 되는 이름으로 코가 없는 종족이란 의미였다.

말 그대로 그 종족은 모든 것이 인간과 비슷했지만 단 한 가지 코가 없었는데, 실제론 없는 것이 아니라 뒤통수에 달려 있는 종족이었다.

"형이 함께했던 부대가 있었다고 했는데 어떤 부대였습니까?"

세현이 무비족 전사를 보며 물었다.

"흐음. 타모얀 종족이었지. 타모얀."

"네? 타모얀 종족이요?"

세현은 형의 친구라고 했던 대우를 떠올렸다.

"맞아. 자네도 봐서 알겠지만 타모얀 종족은 제법 널리 퍼져 있는 종족이야. 여기 투바투보에도 적잖은 타모얀 전사들이 있지."

"그렇지요."

세현은 그 사실을 인정했다.

투바투보에는 타모얀 종족이 제법 많이 있었다. 하지만 그럼에도 세현은 대우와 같은 타모얀은 보지 못했다.

대우는 버팔로를 떠오르게 만드는 타모얀이었는데 투바투보에서 만난 타모얀 중에서 버팔로를 떠오르게 하는 이들은 없었던 것이다.

그에 대해서 세현이 만났던 타모얀들은 타모얀에는 여러 부족이 있어서 부족마다 성향이나 외모가 다르다고 했었다.

그리고 세현이 만난 투바투보의 타모얀 전사들 중에서 진강현을 아는 이는 하나도 없었다.

어스 부대가 투바투보에 도착해서 적응하던 시기, 격렬한 전투가 벌어지던 그때, 세현이 놓치지 않고 개인적으로 꼭 확인하던 것이 그것이었다.

그런데 형이 함께하던 부대가 타모얀 전사들로 이루어진 부대였다니, 의외였다.

"그 타모얀 부대들 중에서 한 부대에 자네의 형과 아내가 함께했었지."

"아내요?"

세현은 형의 아내란 말에 깜짝 놀라서 되물었다.

"몰랐나? 자네 형은 혼자가 아니라 아내와 함께 있었다네. 솔직히 이런 전장에서 여전사는 굉장히 환영받는 존재지. 비록 남편이 있다고 해도, 그냥 보는 것만으로도 좋지 않나. 하하하. 그래서 그녀는 꽤나 인기가 있었지. 아마 자네 형은 기억하지 못해도 그녀를 기억하는 놈들은 많을 걸?"

무비족 전사는 손을 들어서 뒷머리를 쓰다듬으며 말했다.

그의 손에는 물에 젖은 수건이 들려 있었다.

무비족의 코가 머리 뒤에 달린 이유는 그들이 고향 행성에서 많은 시간을 수영을 하며 지내기 때문인데, 그 때문에 머리를 적셔 두는 것을 즐기는 종족이었다.

"그럼 형과 형수가 이곳을 떠날 때, 그 타모얀 부대원들과 함께했다는데 정말입니까?"

세현이 가장 궁금했던 사실을 물었다.

형이 갔다면 나도 가야지

"분쟁지역에 오는 사람들은 대부분 일정한 목적을 가지고 오는 거야. 그쪽도 그렇지 않았어? 솔직히 분쟁지역에서 언제까지나 마가스나 폴리몬 따위를 잡고 있을 생각은 아니었을 거 아냐?"

무비족 전사가 세현을 보며 말했다.

"그야 그렇지요. 분쟁지역에서 얻을 수 있는 것은 공적점수와 그 점수로 구할 수 있는 것들이 전부니까요. 뭐 다른 것을 찾자면 여러 종족들 사이에서 얻을 수 있는 명성 정도? 그 외엔 없지 않습니까."

사실 세현의 목적은 분쟁지역에서 형의 소식을 알아보는 것이 주된 것이었다.

하지만 거기에 더해서 조금이라도 자신의 인지도나 명성을 높이는 것에도 관심이 있기는 했다.

분쟁지역에서 이름을 날리게 되면 이후에 지구를 분쟁지역으로 선포하고 그에 따른 지원을 받을 수도 있을 거란 생각도 가지고 있었던 것이다.

하지만 결국 분쟁지역에서 공을 세우는 것만으로 그 정도의 위치에 오르는 것은 어렵다는 판단을 내리고 어느 정도 단념을 한 상태였다.

세현이 분쟁지역이란 결국 공적점수 이외엔 별로 얻을 것이 없는 곳이란 생각을 하게 된 이유가 그것이기도 했다.

"그러니까 하는 말이지. 결국 분쟁지역에 오는 전사들은 공적점수를 쌓아서 그들에게 필요한 뭔가를 사면 그것으로 끝이지. 그 후엔 최대한 빠르게 분쟁지역을 떠나는 것이 정상이라고."

"그러니까 그 타모얀의 부대도 그런 이유로 분쟁지역을 떠났을 거란 말이군요? 하지만 제가 묻고 싶었던 것은 우리 형과 형수가 그들과 함께 간 것이 맞느냐 하는 거였습니다."

세현은 이야기가 겉도는 것 같아서 무비족 전사에게 다시 확인하듯 그가 알고 싶은 것을 물었다.

"맞아. 꽤나 오래 이곳에 머물렀던 타모얀 부대가 목표 달성을 하고 떠날 때에 그 지구 출신의 부부도 함께 갔어. 타모얀 부대는 그들의 목적을 달성하고 고향으로 돌아간 거지."

"흐음. 그럼 이제 그 타모얀 부족의 행성이 어딘지 알아 내고, 그 행성으로 가는 방법만 알 수 있으면 되겠군요."

세현이 그렇게 말을 하며 무비족 전사를 지그시 바라봤다. 그 눈빛에는 무비족 전사가 세현에게 형과 함께 떠난 타모얀 종족의 행성을 알려줄 거라는 믿음이 들어 있는 것 같았다.

"어? 나? 미안하지만 나는 몰라. 타모얀 종족의 행성이 어딘지 내가 어떻게 알겠어? 거기다가 넌 모르는 모양인데, 타모얀 종족은 널리 퍼져 있는 만큼 꽤나 여러 곳에 흩어져 살고 있는 종족이라고. 나한테 자네 형과 함께 떠난 부대의 행선지를 묻는 건 의미가 없어. 정말 모르니까."

무비족 전사가 세현의 그런 눈빛에 당황한 듯이 손을 저으며 말했다.

"그리고 그런 건 같은 타모얀에게 물어보는 것이 좋지 않아? 나보단 그들이 더 잘 알겠지."

그래도 무비족 전사는 이와 같은 말로 세현의 실망감을 충분히 만회해 주었다.

세현은 곧바로 개미지옥 전장에서 활동중인 타모얀 종족을 찾아서 진강현과 함께했던 타모얀들을 수소문하고 그들의 행성으로 가는 방법을 알아보기 시작했다.

"음? 말로만 들어서는 잘 모르겠는데? 우리 타모얀은 워낙에 많은 부족이 있거든. 봐서 알겠지만 여기 투바투보에만 수십 개의 부족에서 파병을 했단 말이지."

"어이, 지구에서 온 전사와 함께했던 타모얀 부족이라고? 잘 기억이 나지 않는데?"

"그런 부대가 있었나? 어지간해선 우리 타모얀은 다른 종족과 함께하는 경우가 없는데?"

"뭐? 다른 종족을 부대원으로 받아들였다고? 그렇다면 그 부대에 희생자가 있었다는 소리겠지. 정원이 되지 않으니까 충원을 해서 부대를 유지하려고 그랬을 걸?"

"그나저나 여길 떴다면 우리로서도 어느 부족인지 알 수가 없지."

투바투보의 타모얀 종족에게서 정보를 얻는 것은 쉽지가 않았다. 타모얀의 부족 숫자가 워낙 많은 탓이고, 또 투바투보에 타모얀 종족으로 이루어진 부대의 수가 많은 탓이기도 했다.

더구나 타모얀은 무비족 전사의 말대로 우주 곳곳에 흩어져 살고 있어서 타모얀 종족이란 것만으로는 특정한 위치를 규정해서 움직이기도 어려웠다.

하지만 뜻이 있는 곳에 길이 있다는 말이 그냥 있는 말은 아닌 듯, 오랜 수소문이 길어지면서 기다리던 소식들이 들어오기 시작했다.

"그래도 실망할 건 없어. 일단 지금 들어 본 이야기로 몇몇 부족이 떠오르긴 하니까 말이야. 들어보니까 타모얀 중에서도 대우족 같네."

제일 먼저 들어온 것이 '대우족(大牛族)'이라는 말이었다.

세현은 형의 친구라는 타모얀을 만난 적이 있었고, 그의 이름이 '대우'라고 들었었다. 그런데 외모에 대한 설명을 들은 타모얀 종족들이 그런 외모를 가진 부족을 '대우족'이 아닌가 하는 말을 한 것이다.

세현은 그때, 만났던 형의 친구가 '대우'라고 했던 것이 개인의 이름이 아닌 부족의 이름이었을 수도 있다는 생각을 했다.

"대우족? 몇 곳에 살고 있긴 하지."

"내가 알기로 대우족은 본행성은 물론이고 기타 행성에도 꽤 살고 있을 걸?"

"거기다가 이면공간에 흩어져 사는 대우족까지 따지면 굉장히 많이 퍼져 있지."

"아, 그래. 기억이 났다. 오래전에 대우족 중에서 문제가 생긴 동족이 있다고 했어. 그 뭐냐? 기억들 안 나? 이면공간에 정착해서 살던 대우족 중에서 에테르 코어에 문제가 생겨서 이면공간이 불안해진 경우가 있었잖아."

"맞다. 기억났다. 나도 전에 이곳에 파견 오기 전에, 먼저 왔다가 돌아온 친척에게 들었던 건데 이면공간을 유지하는 에테르 코어가 문제가 생겨서 그걸 해결하기 위해서 공적 점수를 쌓던 일족이 있었다고 들었어. 그게 '대우족'이었지."

"알잖아. 그거 해결하기 위해선 공적 점수가 어마어마하게 필요하다고. 그러니 굉장히 오랫동안 이곳에서 공적 점수를 쌓아야 했을 걸?"

"오래 있었으면 희생자가 나오기도 쉽고, 그 빈 자리를 다른 종족으로 채웠을 수도 있지."

"맞아. 그럴 거야. 결국 공적점수를 다 채워서 원하는 것을 얻어서 떠났다고 했지."

"그런데 그들이 있던 이면공간이 어디지?"

"음? 글쎄 어디였을까? 그건 나도 모르겠네?"

"잠깐, 정확하게는 모르는데 확실한 건 본행성은 아니야, 오히려 지유에션에서 가까울 거야. 맞아, 거기 가서 알아보는 것이 최선이겠다."

"지유에션? 음, 그게 좋겠네. 아무래도 길을 모를 때에는 거기서부터 출발하는 것이 최고지."

"당연하지. 모든 이면공간 통로는 지유에션으로 통한다는 거 몰라?"

결국 제법 긴 수소문 끝에 지유에션이란 지명이 등장했다. 세현 일행은 몰랐지만 지유에션은 굉장히 유명한 이면공간이었다.

사실상 지유에션은 한 곳만 있는 곳이 아니라 이면공간 곳곳에 흩어져 있는 특별한 이면공간을 가리키는 말이었다.

지유에션은 주위에 있는 많은 이면공간들을 연결하는 교차로와 같은 역할을 하는 곳이었다.

그 지유에션이 우주의 방대한 이면공간들 사이에 얼마나 많은 수가 있는지는 아무도 몰랐다.

다만 일평생 이면공간을 돌아다녀도 각기 다른 지유에션을 거쳐가는 여행을 하는 이들은 많지 않다고 할 정도로 지유에션은 서로간의 사이가 떨어져 있다고 했다.

어쨌거나 투바투보에 있는 이들이 말하는 지유에션은 하나밖에 없었고, 그곳을 통하면 굉장히 많은 곳으로 이동을 할 수 있다고 했다.

"하지만 조심해야 해. 지유에션에서 다른 이면공간으로 넘어가게 되면, 다시 지유에션을 통하지 않으면 돌아올 수가 없으니까 말이야. 그러니까 쉽게 말하면 아주 다른 영역으로 들어가게 되는 거라고 할까? 지유에션에서의 이동이란 그런 거야."

지유에션에 대해 설명하는 이들의 말을 종합하면 지유에션을 중심으로 전혀 별개의 이면공간 묶음들이 연결이 되어 있다고 했다.

그러니 한 번 지유에선을 통과해서 다른 이면공간으로 가게 되면, 다시 지유에선을 거쳐야 이전에 거쳤던 이면공간들로 갈 수 있게 되는 것이다.

세현은 그 말을 듣고 나서 진강현이 혹시 그 지유에선에서 다른 영역의 이면공간으로 들어간 후에 되돌아오지 못하고 있는 것이 아닌가 하는 생각을 했다.

"그러니까 진강현 천공기사를 찾아서 그 지유에선으로 갈 거란 말입니까?"

압둘라가 심각한 표정으로 세현을 보며 물었다.

세현이 지금까지 모인 정보를 어스 부대원들이 있는 곳에서 공개하고 앞으로의 행보를 알린 후였다.

세현은 당연히 지유에선으로 가서 그곳에서 대우족과 형에 대한 이야기를 바탕으로 정보를 얻어서 새로운 이면공간 영역으로 가려고 마음을 먹고 있었다.

그리고 그 여행에 동참할 사람들을 정하기 위해서 어스 부대원 전부를 모아놓은 것이다.

"그러니까 잘 생각해 봐. 함께 갈 건지, 아니면 지구로 돌아갈 건지. 쉽게 생각하지는 마. 언제 돌아올지 알 수 없고, 또 얼마나 위험할지 알 수 없는 여행이야."

세현이 다시 한 번 신중한 결정하라는 의미에서 여행의 위험을 강조했다.

"새로운 모험이라는 말인데, 솔직히 쉬운 선택은 아닌 것 같습니다."

존슨은 슬그머니 몸을 빼려는 기색이 역력했다.

"지구를 떠난 것도 오래되었고, 이미 투바투보에서 얻을 것은 대부분 얻었다고 봐야 되지 않겠어? 이쯤이면 어스 부대의 존속은 별 의미가 없지."

란탈로도 존슨과 생각이 같은지 자신의 팀원들을 보며 은근히 지구로 돌아가자는 뜻을 내보였다.

"사실 인원이 너무 많아도 좋을 것은 없어. 그러니까 잘들 생각해보고 결정을 해. 여기 팀 미래로는 나와 함께 움직일 거고, 태극에서 지원 나왔던 사람들 중에서 이춘길씨도 함께하겠다고 했어. 나머지 본대 인원들은 지구로 복귀할 거고."

세현이 다른 대원들의 선택에 도움이 되라는 뜻으로, 이미 세현과 함께 움직이거나 지구로 돌아가기로 결정한 사람들이 있다는 것을 알렸다.

그리고 회의 결과 팀 미래로와 이춘길, 주영휘를 제외한 다른 부대원들은 지구로 돌아가기로 했다.

"대장님의 능력으로 순식간에 지구로 돌아갈 방법이 있는데 뭐가 걱정입니까? 사실 이곳 투바투보 행성으로 들어온 이후에 대장님의 이동 능력이 많이 떨어지긴 했지만 이면공간으로 나가면 그 능력에 문제는 없는 거 아닙니까."

주영휘는 세현의 특수 능력을 믿고 새로운 탐험에 잔류하기로 결정했다고 말했다.

"다른 대원들도 그건 알고 있지만 지구로 돌아가기로 결정했는데?"

"하하, 그거야 그들은 각기 다른 나라와 조직에서 파견이 되었으니 그런 거 아닙니까. 이쯤에서 지구로 돌아가서 여기서 얻은 정보들을 풀어 놔야지요."

"그럼 주영휘, 당신은?"

"저야 함께 온 동료들이 있지 않습니까."

주영휘는 그렇게 말을 하며 웃었다.

그의 말대로 중국 출신의 다른 부대원이 있으니 굳이 그가 아니라도 중국에 정보를 전할 사람은 충분한 셈이었다.

"어차피 한두 명만 가더라도 정보는 그대로 전해질 텐데?"

세현은 그렇게 말을 했지만 주영휘는 전혀 동의하지 않는 듯이 세현을 보며 말했다.

"그거 지금 진담으로 하는 이야긴 아니지요? 국가가 다르고 길드가 다른데 남 좋은 일을 시킬 이유가 있습니까? 아니, 정말로 모든 정보를 공개했다고 해도 그걸 믿을 수가 있겠습니까? 내 사람이 아니면 믿지 못하는 것이 사실 아니겠습니까?"

세현은 그런 주영휘의 말에 입을 다물었다.

"허허, 지유에션이라, 까맣게 잊고 있었던 이름인데 그곳으로

가게 되다니 늙은이 가슴이 다 두근거립니다."

메콰스는 아주 오래전에 일족의 노인에게서 지유에선에 대해서 들었던 기억이 있노라며 그렇게 말을 했다.

하지만 지유에선은 특별한 경우가 아니면 갈 일이 없는 곳이라서 기억 저편에 묻어 두었던 것이라 했다.

"전혀 다른 영역의 이면공간이라고 하는 것은 어떤 의미에서는 차원이나 시간이 다른 것을 의미한다고 봐야 합니다. 공간의 차이만 가지고는 다른 영역이라고 부를 수는 없지요."

"그게 무슨 말입니까? 메콰스?"

"허허, 여기만 봐도 그렇지 않습니까. 여기는 투바투보, 세현 님은 지구에서 왔습니다. 그리고 숱하게 많은 이들이 다른 행성에서 왔고 말입니다."

"그렇지요."

"그럼 그렇게 많은 행성들이 실제로는 얼마나 먼 거리가 떨어져 있겠습니까? 사실 지구라는 곳에서 가장 가까운 곳에 있는 행성도 현실적인 거리는 짐작도 못하는 곳이 아닙니까?"

"그렇지요. 우주가 얼마나 넓은데……."

"그러니 하는 말입니다. 지유에선이란 결국 그런 공간조차 아득히 넘어서 새로운 영역으로 넘어가는 곳이 된다는 말이지요. 사실 시간이나 차원이 아니라 공간으로 구별을 할 수도 있는데, 그렇다면 도대체 그 공간이란 얼마나 멀고 아득하겠습니까? 지금 이쪽 영역만 하더라도 엄청난 수의 행성과 이면공간이 있는데 말입니다."

"하하하. 그렇군요. 정말 스케일이 다르네요. 정말 달라요."

세현은 메콰스의 설명을 들으며 허탈한 웃음을 지었다.

"그래도 형이 갔다는데 안 갈 수는 없지 않습니까?"

Chapter 3

제법 많이 변했어, 세상이

어스 부대원들이 투바투보에서 마지막으로 한 일은 공적 점수를 남김없이 소비하고 신분패를 관리 본부에 반납하는 것이었다.

신분패는 투부투보와 연결된 이면공간에서만 사용이 가능한 것이고, 그것을 반납해야만 분쟁지역을 벗어날 수 있었다.

때문에 어차피 반납할 신분패에 공적 점수를 남길 이유가 없었다. 어떻게든 깔끔하게 공적 점수를 소비한 후, 어스 부대원들은 그들이 처음 개미지옥에 도착했던 광장에서 이면공간으로 들어갔다.

광장에서 이면공간으로 들어가는 것도 관리본부에서 파견

나온 직원이 특별한 조작을 해서 어스 부대원들을 이면공간으로 보내줬다. 분쟁지역은 관리본부의 도움이 없으면 벗어날 수 없는 곳이었다.

'이젠 지구로 돌아갈 수 있겠지? 이 인원 전체를 데리고.'

세현이 투바투보에서 벗어나자마자 천공기 안에 있는 '팥쥐'와 콩쥐에게 물었다.

[음! 할 수 있대. 걱정 없다고 해!]

'팥쥐'가 세현에게 대답했다.

'오래 안 해서 혹시라도 잘못되는 건 아닌가 싶어서 걱정이네.'

[음음. 괜찮아. 콩쥐, 잘해! 못하면 정말 혼나. 잘할 수 있다고 했어. 음음.]

'그래. 그럼 준비하고 있어. 오랜만에 미래 필드로 돌아가서 그곳에서 며칠 지내고 오자.'

[음. 미래 필드. 좌표 수정해? 지금?]

'팥쥐'가 세현에게 물었다.

공간 이동을 시키는 것은 콩쥐가 하는 일이지만, 그것은 콩쥐가 지닌 능력과 천공기 주얼의 기능을 더해서 이루어지는 일이었다.

거기다가 천공기 주얼에 지정되는 이동 좌표에 간섭할 수 있는 능력은 '팥쥐'가 가지고 있었다.

언제든 천공기 주얼을 작동시켜서 세현이나 세현 주변의 사람들을 이동시킬 수 있는 콩쥐지만 정작 이동 지점을 설정하여 어디로 이동할지 결정하는 것은 '팥쥐'인 것이다.

'그래, 좌표 바꾸고 잠시 기다려.'

[음. 음음. 알았어.]

세현은 '팥쥐'의 대답을 들으며 자신을 바라보고 있는 어스 부대원들을 하나하나 살폈다.

지구 시간으로 따지면 벌써 2년 가까운 시간을 투바투보에서 함께한 사람들이었다.

"자, 모두들 준비하십시오. 이야기했던 대로 미래 필드로 이동하겠습니다. 그곳에서 부대 해산을 하고, 이후에 새로 팀 미래로를 조직한 후 다시 이곳으로 돌아와 탐험을 계속할 것입니다. 모두 아무 이상 없이 고향으로 돌아가게 된 것을 진심으로 축하합니다. 이제 출발합시다."

세현은 그렇게 짧은 연설을 하고 어스 부대원들을 데리고 미래 필드로 돌아왔다.

*　　　*　　　*

지구의 사정은 그리 바뀐 것이 없었다.

여전히 지구 전체에서 몬스터들과 인간의 대립이 이어지고 있었고, 지구의 천공기사와 헌터들이 성장하는 만큼 몬스터들도 성장하고 있었다.

때문에 팽팽한 균형을 유지하며 전선(戰線)이 유지되고 있었다.

거기에 더해서 이면공간에 대한 공략도 이전보다 훨씬 다양하게 전개가 되고 있었다. 미래 필드가 제공한 장치를 이용해서 천공기사가 아닌 헌터들을 이면공간으로 이동시킬 수 있게된 것이 큰 힘이 되었다.

최근 들어 헌터의 수가 점점 늘어나고 있었고, 그들이 이면공간으로 들어가 이면공간 공략과 방어에 참가하게 되면서 크라딧과의 대립에서 근소하게 앞서기 시작한 것이다.

"그런데 우리가 가지고 있었던 통행증을 다 풀어버렸단 말이야?"

세현이 인상을 찌푸리며 재한에게 물었다.

"그 이야긴 전에 했잖아. 어차피 우리가 가지고 있는 통행증이 많으니까 일단 대여 형식으로라도 풀어서 크라딧과의 싸움에 도움을 주자고."

"그렇다고 그걸 모두……."

"전부는 아니야. 우리 미래 길드에서 쓸 것은 어느 정도 남겨뒀다. 거기다가 증여가 아니라 대여라니까, 대여."

"그래, 대여. 말은 좋은데 되돌려 받기는 쉽지 않을 텐데?"

"걱정하지 마. 이번에 돌아온 어스 부대원들이 가지고 온 통행증을 우리가 받으면 되니까."

"응?"

"그렇게 하기로 계약서 썼으니까 걱정하지 말라고. 집으로 돌아가려면 계약을 지키겠지."

재한이 태연자약한 얼굴로 대답했다.

분쟁지역에서 어스 부대원들이 공적 점수를 가장 많이 사용한 곳이 바로 이면공간 통행증을 구하는 것이었다.

거의 대부분의 공적 점수를 거기에 썼다고 해도 과언이 아닐 것이다.

이면공간에서 영역 확장을 하기 위해선 통행증이 반드시 필요하다는 것을 모두가 공감하고 있었으니 당연히 그쪽에 공을 들였다.

"그 정도면 어느 정도 복구가 되긴 하겠네."

세현이 재한의 말에 어느 정도 안심이 된다는 표정으로 말했다.

"약간 손해를 볼 수는 있어도 그렇게 많이 차이가 나진 않을 거야. 네 덕분에 어느 정도 어스 부대의 공적 점수를 짐작할 수 있었거든. 거기다가 마지막에 행성 코어를 획득해서 승기를 잡고 나온 공적 점수가 컸지."

"그래, 그게 있었지?"

"그러니까 통행증 때문에 열 받을 필요 없어. 그렇지 않아도 지금 우리가 가진 통행증은 차고 넘쳐. 스페코머마의 창고에서 나온 것들도 있잖아. 카피로 종족의 이면공간에서 확보한 것은 다 풀었지만, 스페코머마에서 나온 것은 우리가 쓰고 있어."

"이면공간 개척이 제법 많이 진행된 것 같은데?"

세현이 재한이 보여주는 이면공간 지도를 보며 말했다.

삼차원 입체 영상으로 보여주는 이면공간 지도는 굉장히 복잡했다. 재한은 그 지도의 몇 곳을 손가락으로 찍어서 두드러지게 만들며 설명을 시작했다.

"여기하고 여기, 그리고 이곳을 개척하면서 상황이 많이 달라졌지. 이미 다른 나라에서 파악한 이면공간 지도와 연결이 되었거든. 이렇게 보면 좀 더 이해가 쉽지?"

재한이 뭔가 조작을 하자 미래 길드가 파악한 이면공간과 세계 유수의 길드들이 파악한 이면공간 지도가 구별되어 나타났다.

이면공간을 뜻하는 점들의 색이 바뀐 것이다.

세현은 꽤나 넓고 복잡해진 이면공간 지도를 보며 감회에 젖었다.

지도에는 수많은 점이 나열되어 있었고, 그 점들은 또 다른 점들과 연결이 되어 있었다.

복잡하기 짝이 없이 얽혀 있는 선들은 각각의 이면공간에서 어디로 이동할 수 있는지를 보여주는 지표였다.

"여기 이 표시는 전투 지역을 말하는 거지?"

세현이 지도에서 특별하게 표시된 곳을 가리키며 물었다.

"칼이 하나 있는 건 위험한 전투 필드를 말하는 거고, 칼이 두 개 있는 곳은 크라딧과의 분쟁지역을 뜻해. 그리고 그 해골들은 보라색 등급으로 예상되는 이면공간이야. 진입하자마자 모두 전멸을 했거나 혹은 겨우겨우 되돌아 나온 곳이지."

"그렇군. 예상보다 해골들의 수가 많은데?"

세현이 이마를 찌푸리며 말했다.

"사실 거기에 대해서는 아마도 그 해골들이 실제론 하나의 이면공간을 가리키는 것이 아닌가 하는 추측이 있어."

"음? 하나의 이면공간?"

세현이 지도 곳곳에 있는 해골 표시들을 다시 쳐다봤다. 그리고 그 해골 표시를 하나로 만들고 해골과 이어지는 모든 선들을 그 하나의 해골로 연결시키는 경우를 생각해 봤다.

"그거 일리가 있는데? 하긴 보라색 등급의 이면공간이 흔하진 않지."

"그래. 그 보라색 등급의 이면공간은 무척 넓을 테니까, 거기로 연결된 이면공간 통로도 무척 많을 거라는 거지. 거기다가 몇몇 그곳에서 복귀한 이들의 증언을 종합해 봐도 환경이 비슷한 것 같고 말이야."

"환경이 비슷하다고? 나하고 호올이 갔던 곳은 해안이었는데?"

"너희가 갔던 곳은 아마도 커다란 대륙의 일부였을 거야. 탐험은 거의 불가능한 상황이어서 짧은 증언들만 모았지만 그래도 그곳 환경은 대략 비슷한 것 같았어. 그거 있잖아. 대기라거나 식생이라거나 하는 그런 거."

"확실하진 않다는 거네?"

"그야 뭐, 확인이 어려우니까. 그래도 대부분의 길드가 같은 이면공간일 거라고 예상하고 있어."

세현도 재한의 생각과 크게 다르지 않았기에 고개를 끄덕였다.

"그럼 이 해골들을 하나로 묶어서 지도를 만들면?"

세현이 재한을 보며 말하자, 재한이 지도를 조작해서 해골들을 하나로 묶었다.

"이렇게 되는 거지."

입체 지도 여기저기에 흩어져 있던 해골이 하나로 묶이고 그 해골로 연결된 선들이 어지럽게 움직였다.

하지만 입체 지도가 가지는 한계는 어쩔 수 없었다. 실제로 이면공간 입체 지도는 사용의 편의를 위해서 그렇게 표현을 했을 뿐, 실제 공간을 표현한 것이 아니었다.

이면공간들은 현실의 공간처럼 이루어진 것이 아니기 때문에 어떤 공간에 일률적으로 배치하는 것이 의미가 없었다. 그나마 지도를 보면 통로로 이면공간끼리 연결 유무를 확인할 수 있다는 것이 지도의 효용이었다.

"그래도 아직은 투바투보와 연결점은 찾지 못한 것 같네?"

세현은 이면공간 지도의 바깥쪽에 흩어져 있는 분리된 이면공간들을 쳐다봤다.

그곳에는 투바투보로 공간 이동을 할 수 있는 이면공간과 연결된 몇 개의 이면공간도 있었다.

다만 중간에 공간 이동을 통해서만 갈 수 있는 곳이라 투바투보를 중심으로 한 이면공간들은 연결점이 없이 끊어진 상태로 한쪽에 밀려나 있었다.

"크라딧 놈들이 그곳에 왔다는 이야기를 듣고 열심히 찾고 있는데, 아직은 성과가 없어."

재한이 그렇게 말하며 두 개의 칼로 표시되어 있는 이면공간들을 지도에서 도드라지게 표시했다.

"여기 보이지? 이곳에서 막혀 있어서 문제야. 크라딧 놈들도 자신들의 영역은 어떻게든 지키려고 애를 쓰고 있거든."

"그래도 우리가 제공한 통행증 덕분에 전세가 유리하다고 하지 않았어?"

세현이 뭔 소리냔 표정으로 크라딧과의 싸움이 유리하게 돌아가고 잇지 않느냐는 질문을 던졌다.

"야, 처음에는 지구와 연결된 이면공간까지 크라딧 놈들에게 빼앗기니, 마니 하면서 정신이 없었잖아. 그때 상황이 계속되었으면 이렇게 됐을 거다."

재한이 세현의 말에 어이가 없다는 표정을 지으며 지도를 다시 조작했다.

그러자 이면공간 지도의 30%가량이 사라졌다.

사라진 이면공간들은 다시 말하면 지금까지 크라딧과 싸우면서 수복한 영역이란 의미였다.

"그런가? 그렇게 보니까 꽤나 선전하고 있다는 말이 이해가 되긴 하네."

세현이 조금 멋쩍은 표정으로 재한을 쳐다봤다.

"그래. 그렇지만 그것도 지금은 고착화되었어. 이곳들에서 더는 진척이 없는 거지."

재한이 다시 이전의 지도로 바꾸면서 분쟁지역으로 표시된 지역들을 가리켰다.

"역시 문제는 통행증이냐?"

세현이 짐작이 간다는 듯이 물었다.

"아직도 이종족들과의 교류가 원활하지 못해. 그래서 통행증을 확보하는 것이 쉽지 않지. 이면공간 통행증의 숫자가 곧 공격 전력의 크기를 좌우하니까 통행증이 많으면 많을수록 좋겠지."

"그래서 결국은 이번에 확보한 통행증도 풀어야 한다는 거냐?"

세현이 재한의 뜻을 짐작하고 확인하듯이 물었다.

"뭐, 그런 거지. 겸사겸사 이면공간 탐험대의 전력도 키우고."

"나비와 종국이 이끄는 탐험대?"

세현은 언제부턴가 지구에서의 사업을 재한에게 맡겨두고 이면공간을 돌아다니고 있는 나비와 종국 부부를 생각하며 물었다.

"그쪽도 제법 성과가 있으니까 지원을 좀 해야지."

이번에는 재한이 그동안 나비 부부가 확인한 이면공간들을 지도상에 표시했다.

제법 많은 이면공간들이 지도에서 빛을 냈다.

"자그마치 200명 규모의 탐험대라며? 그런데 수를 더 늘려?"

세현은 그럴 필요가 있느냔 표정으로 물었다.

"때로는 몇 개의 팀으로 나뉘어서 활동을 하기도 하는데, 이참에 팀을 몇 개 더 증원하려고."

"하긴, 어쨌거나 지도를 확보하는 것은 중요하니까. 그걸 반대할 이유는 없지. 그런데 통행증을 다른 길드에 다시 넘기는 건……."

세현은 조금 못마땅한 표정을 지었다.

"어차피 쓰지도 않을 거잖아. 그 대신에 미래 길드의 위상을 높이고 발언권을 얻어 오는 것이 좋지 않겠냐?"

재한이 그런 세현을 설득하기 위해서 지구의 상황을 조금 더 자세하게 설명하기 시작했다.

세현은 그 설명을 들으며 미래 길드가 이전보다 훨씬 더 커지고 단단해졌다는 느낌을 받았다.

"그래, 어차피 지구 문제는 너에게 맡겼으니까 네가 하고 싶은 대로 해라. 하지만……."

"걱정하지 마라. '지구는 내가, 이면공간은 네가'란 거지? 잊지 않고 있다. 미래 길드 마스터."

재한이 미래 길드의 마스터는 여전히 세현이고, 특히 이면공간에서 미래 길드의 사업은 세현이 주체란 사실을 다시 한 번 확인하며 웃었다.

지유에션으로 가는 길은 위험하다

세현은 미래 필드와 지구를 오가며 며칠 시간을 보냈다. 그 사이에 팀 미래로는 다시 조직을 정비하고 휴식 시간을 가졌다.

팀 미래로에는 주영휘와 이춘길이 대원으로 충원되었고, 지구에서 짧은 휴가를 즐겼다.

그리고 휴가가 끝났을 때, 세현은 자신을 포함해서 열다섯 명으로 구성된 팀 미래로를 이끌고 투바투보와 연결된 이면공간으로 이동했다.

"여기까지가 우리가 경험해 봤던 이면공간이다. 우리는 지유에션을 향해서 다시 이동해야 하는데, 들었겠지만 지유에션까지 가는 길에 있는 이면공간들은 일종의 중립 구역이라고 할 수 있다."

"거, 말이 중립이지 실제론 몬스터들이 우글거리는 이면공간 아닙니까? 전투 필드들이라고 봐야죠."

주영휘가 세현에게 대꾸를 했다.

"맞다. 분쟁지역 쪽에 있는 이면공간들은 깨끗하게 정리를 하는 것이 보통인데, 지유에션 쪽으로 가는 길은 그게 안 되어 있는 거지. 사실상 지유에선은 인간 종족과 에테르 기반 생명체가 공존하는 곳이란 말이지."

"거길 어느 쪽에서 점령하면 굉장히 많은 이면공간을 차지할 수 있게 되지 않겠습니까? 들어 보니 거기가 이면공간의 다른 영역으로 넘어가는 길목이라고 하던데 말입니다."

이춘길이 눈빛을 빛내며 세연을 바라봤다.

"일단 지유에선에 도착해서 상황을 봐야겠지. 그곳까지 가는 길도 평탄치는 않다고 하니까 각오들 하고 말이야."

세현은 어째서인지 자세한 정보를 얻을 수가 없었던 지유에선에 대해서 떠올리며 말했다.

지유에선에 대해서 어느 정도 아는 이들은 많았지만 정작 지유에선을 직접 경험한 이들은 몇 없었고, 지유에선을 지나온 이들은 말을 아꼈다.

"어차피 미지의 영역 아닙니까. 한 번도 가보지 않았던 이면공간을 탐험하는 일이 우리 일이고 말입니다."

"맞습니다. 부딪혀보지 않으면 알 수 없는 일이고, 일단 들이대고 보는 것이 우리 일이란 건 모두 알고 있습니다. 걱정하지 마시고 출발하지요."

현필을 비롯한 팀 미래로의 일반 대원들이 세현을 보며 자신 있는 목소리로 말했고, 세현은 곧바로 팀 미래로를 이끌고 지유에선으로 갈 수 있는 이면공간을 향해 이동했다.

그나마 지유에선으로 가는 대체적인 이동 경로를 입수할 수 있어서 다행이라 생각하며.

*　　　*　　　*

"거기 좀 막아!"

"막고 있잖아!"

카가강! 터더덩! 파각!

"거기, 그놈 마크 떴다, 조져!"

콰과과과광! 카라라락! 츠릿, 서걱!

쿠어어어어 쿠억!

"우와아아아! 날아온다! 조심!"

퍼버버버벙! 퍼버벙! 펑펑펑!

[음, 난 굉장해! 음음음. 굉장한 거야!]

'팥쥐'의 의지가 세현에게 전해지며 사방에서 날아오던 에테르 공격이 허공에서 폭발하며 사라진다.

'고마워!'

[음! 걱정 없어. 굉장한 내가 있어. 음음.]

'팥쥐'가 우쭐하며 세현에게 말했지만, 세현은 대꾸할 여유가 없었다.

지금 팀 미래로가 있는 곳은 파란색 등급으로 추정되는 이면공간으로, 지유에션으로 가기 위해서 거쳐야 할 몇 개의 이면공간 중의 한 곳이었다.

세현 일행은 이면공간 통로를 통해 이곳에 도착하고 얼마 지나지 않아서 몬스터들의 공격을 받기 시작했다.

처음에 나온 몬스터들의 등급은 그리 높지 는데, 그것이 문제였다.

보통의 이면공간에서 등장하는 몬스터들은 대체로 등급이 고정되어 있다.

즉 일정 수준의 몬스터만 등장을 한다는 소리다.

그래서 세현을 포함한 팀 미래로는 이곳 이면공간의 몬스터 수준을 처음 만났던 몬스터 정도로 생각하고 여유롭게 행동했었다.

하지만 그것이 오산이었음은 오래지 않아서 밝혀졌다.

이곳 이면공간에서는 거의 모든 등급의 몬스터들이 등장을 했던 것이다.

그것도 마치 폴리몬과 마가스처럼 하위 몬스터는 상위 몬스터에게 부림을 받는 형식이었다.

당연히 팀 미래로는 위기에 빠질 수밖에 없었다.

몬스터의 수가 많은 것뿐만이 아니라 전술적으로 행동했기 때문이다.

"어딘가 마가스나 폴리몬이 있을 거야! 그게 아니면 특이 몬스터라도 있겠지!"

"누가 그걸 모르냐? 그런데 그런 놈들이 어째서 여기에 있냐는 거지."

"우리도 여기 있는데 놈들이라고 없으란 법이 있냐? 여긴 그 놈들과 우리 사이의 중립지대라며?"

"중립은 개뿔! 중립이 아니라 그냥 섞여 있는 곳이지. 만나면 서로 죽이지 못해서 안달이잖아. 중립이 아니지!"

"하여간 서로 섞여 있어서 어느 쪽에도 속하지 않은 곳이니까 중립이지."

"야, 그런데 마가스나 폴리몬도 이면공간 통로를 이용해서 이동을 하는 거냐?"

"응? 그건 잘 모르겠는데?"

세현이 원거리 공격을 방어해낸 덕분에 잠깐 여유가 생기자 대원들이 와글와글 떠들기 시작했다.

기기기긱! 터엉!

세현은 대원들의 잡담을 듣다가 옆에서 들려오는 소리에 고개를 돌렸다.

이춘길이 방금 화살을 쏘아낸 활을 다시 들어 올리며 시위에 화살을 걸고 있었다.

팀 미래로는 원래 원거리 공격을 주로 하는 부대였다.

하지만 지금은 어스 부대에 있을 때처럼 원거리 공격만 하고 있을 수가 없었다.

그때처럼 앞을 지켜주던 팀들이 지금은 없기 때문이다.

그래서 세 명의 호올과 주영휘, 거기에 일곱 명의 일반 대원이 근접전을 펼치며 거리를 확보해 줘야 했다.

그러면 나머지 인원들이 돌비틀 종족의 원거리 무기를 이용해서 공격을 했다.

원거리 무기의 정식 이름은 '돌비틀 에테르 포'였지만, 지금와서는 모두들 그냥 '돌 포'라고 불렀다.

그 이름에 무슨 의미를 부여할 필요는 없었다.

분쟁지역에서 지내는 동안에 자연스럽게 이름이 짧아진 것뿐이다. 급박한 상황이 연속되는 전장에서는 단어조차도 최대한 효율적으로 바뀌는 것이다.

어쨌거나 여전히 거의 비전투 인원에 속하는 메콰스를 제외하면 세현과 이춘길, 그리고 현필과 일반 대원 둘이 원거리 공격을 책임지고 있었다.

조금 전에 몬스터들이 대대적인 원거리 공격을 하느라 뒤로물러난 상황에서 세현이 원거리 공격을 방어해냈으니 잠깐 동안은 이쪽이 마음껏 공격할 타임이 되었다.

이춘길 등이 그 기회를 놓치지 않고 최대한 화력을 끌어 올리고 있는 것이다.

[음음. 난 굉장하고 대단해! 음!]

'팥쥐'가 방어 다음에 이어져야 할 것이 공격임을 잊지 않고여섯 개의 마법진을 허공에 만들어냈다.

그리고 그 마법진에서는 곧바로 사방으로 번개와 불덩이, 얼음 창 등이 쏟아져 나갔다.

세현이 특별히 지정하지 않으면 '팥쥐'의 마법진은 특정한 속성이 아니라 여러 속성을 한꺼번에 쏟아냈다. 그리고 한동안 그런 공격을 하다가 몬스터에 따라서 효과가 좋은 속성을 정해서 공격을 했다.

그동안에 세현은 쉬지 않고 앙켑스를 사방으로 뿌려댔다. 사실상 마법진을 이용한 공격은 '팥쥐'가 책임지게 된 상황이었다.

[음? 잘해! 너! 못하면 또 혼나! 제대로 해! 음음!]

물론 책임은 '팥쥐'가 지지만 사실상의 노동은 콩쥐가 하고 있었다.

세현도 천공기 안에 들어 있는 '팥쥐'와 콩쥐가 어떻게 역할 분담을 하고 있는지를 정확하게 알 수는 없었다.

다만 간혹 전해지는 단편적인 정보를 종합하면 '불쌍한 콩쥐'라는 생각이 절로 들기는 했다.

'마법진, 부탁해!'

세현이 잠깐 물러났다가 다시 다가오는 몬스터들을 보며 '팥쥐'에게 말했다.

세현의 부탁에 '팥쥐'가 세현의 가슴 앞에 손바닥 크기의 작은 마법진을 만들어줬다.

그것은 실제적인 위력은 별로 없는 마법이 발현되는 것이었지만 세현에겐 꼭 필요한 것이었다. 전투 상황을 보며 몬스터 중에서 먼저 처리해야 할 놈들을 표시하는 역할을 하는 것이 그 마법진 마법의 쓰임새였다.

마법에 맞은 몬스터는 밝은 형광물질을 바른 것처럼 몸에서 빛이 나게 된다.

원래는 몬스터에게 붙어서 몬스터가 지닌 에테르 스킨을 갉아내는 마법인데, 효과는 별로 없으면서 에테르 스킨을 갉아낼 때에 형광빛을 내는 특징이 있었다.

마법을 새로 만들어내면서 실패한 경우라고 봐야 하는데, 그것이 마침 세현에겐 꼭 필요한 것이었다.

에테르 소비도 극히 적으면서 공격 속도도 빨라서 몬스터가 피하기는 어려운 공격. 거기다가 맞으면 다른 몬스터와는 확연히 구별이 되는 점이 좋았다.

세현의 눈이 미니맵을 살피며 먼저 처리해야 할 몬스터를 찾았다.

앙켑스에 당해서 에테르 스킨이 많이 깎여나간 몬스터를 먼저 찾는 것이다. 그리고 대상이 결정되면 세현은 가슴 앞에 있는 작은 마법진에 손바닥을 대고 몬스터를 향해서 마법을 쏘아 보냈다.

쉭! 펑!

이춘길의 화살보다 몇 배는 빨라 보이는 공격이 세현이 찍은 몬스터에게 날아가고, 곧바로 몬스터의 몸에서 빛이 나기 시작한다.

"잡아! 저놈이다!"

"마크 떴다!"

순간 팀 미래로의 대원들 중에서 그 몬스터를 공격할 수 있는 대원들은 모두 그 몬스터를 향해 공격을 집중했다.

퍼버벙! 츠리릿! 촤촥!

쿠에에엑!

순식간에 집중 공격을 받은 몬스터는 제대로 반항도 하지 못하고 쓰러진다. 이미 에테르 스킨이 거의 깎여 있는 상태에서 협공을 받으니 견딜 수가 없는 것이다.

그렇게 한 마리의 몬스터를 잡고 나면 대원들은 다시 방어에 집중한다.

그러다가 세현의 마크 마법이 쏘아지면 곧바로 다시 그 몬스터에게 화력을 집중해서 쓰러뜨리는 것이다.

팀 미래로의 공격 방식은 대부분 그런 식으로 진행이 되었다. 앞쪽에 있는 근접 전투 인원과 뒤에 있는 원거리 공격 인원으로 나뉘어서 효율적인 전투를 하는 것이다.

쿠롸롸롸롸롸! 쿠롸롸락!

하지만 그런 방법이 언제나 가능한 것은 아니다.

대원들의 능력을 넘어서는 몬스터가 등장하면 그때부터는 상황이 급변한다.

"특이 몬스터다!"

"새끼, 생긴 것도 특이하게 생겼네."

"농담이냐? 그걸로 부대원들 얼려 죽이려고?"

"시꺼! 피하기나 해!"

"으다다다다!"

몬스터들도 자세히 보면 개성이 있다.

비슷하게 생겼지만 붕어빵처럼 기계 같은 것으로 생성되는 것이 아닌 듯, 조금씩 다른 것이다.

하지만 그중에서도 같은 몬스터인데 확연하게 구별이 되는 놈이 있는데, 그런 놈을 특이 몬스터라 불렀다.

예전 지구에서는 일반적인 몬스터들에 비해서 훨씬 강력하고 또 다른 몬스터를 지휘하거나 특별한 능력을 보이는 몬스터를 특이 몬스터라 했었다.

그런데 이면공간을 이리저리 오가며 몬스터를 상대하다 보니 그런 특이 몬스터가 실제론 같은 종류의 몬스터들 중에서 가끔씩 등장하는 돌연변이 같은 개체란 사실을 알게 되었다.

지금도 세현 일행이 상대하던 몬스터들 사이에서 덩치는 물론이고 몬스터 패턴의 크기까지 확연히 다른 놈이 등장한 것이다.

처음 상대하는 몬스터이자 듀라한이라 이름을 붙인 이 몬스터들은 머리가 목 위에 얇은 사발을 엎어 놓은 것처럼 붙어 있었다.

곤충들 중에서 머리가 아주 작은 종류를 떠올리게 하는 모습인데 언뜻 보면 머리가 없는 것처럼 보였기 때문에 목 없는 기사인 듀라한이란 이름을 붙였다.

신기하게도 에테르 기반 생명체들도 상위 등급으로 올라갈수록 인간형의 몬스터가 많았다.

수십, 수백 미터짜리 거대 몬스터도 있었지만 비율적으로 보면 인간 형태를 지닌 경우가 많은 것이다.

이 듀라한들 역시 등급은 파란색 등급으로 보였는데, 상체가 크게 발달한 것이나 머리가 목 위에 납작하게 붙어 있는 것만 제외하면 인간 형태라고 볼 수 있었다.

크라라라라라! 크롸롸락! 쿠럭쿠럭!

"새끼들, 뭐라고 떠들어봐야 우리가 알아 듣냐?"

"그런데 왜 몬스터들이 떠드는 소리가 대부분 비슷하게 들리지?"

"그야 저게 저 놈들 공용어인 모양이지. 너도 영어랑 중국어랑 구별하긴 하잖아."

"아, 그런 거냐? 그러니까 우리가 제일 많이 듣는 몬스터의 소리는 저 놈들이 쓰는 공용어란 말이지? 그게 말이냐 막걸리냐?"

"왜? 진지하게 말해서 가능성이 높은 추측 아니… 으다닷! 피해!"

"우왓!"

콰광!

돌연변이 듀라한이 손에 들고 있던 무기를 휘둘렀다.

칼날을 나란하게 셋이나 겹쳐 놓은 무기였다.

도를 닮기는 했지만 칼날을 셋이나 달아 놓은 것은 처음 보는 형태의 무기였다.

"무기만큼 저놈도 특별한 놈이면 별로 안 반가운데?"

"일단 잡고 본다!"

"다른 놈들은 물러나라!"

"나도 간다."

세 명의 호올과 주영휘가 특이 듀라한을 향해 달려들었다. 주영휘는 언제든 몸을 피할 재주가 있고, 호올은 셋이 모두 당해도 후방에 있는 하나의 호올만 무사하면 죽음은 피할 수 있다.

그 때문에 강력한 몬스터를 상대할 때에는 호올과 주영휘가 나서서 몬스터의 이목을 끌었다. 물론 세현의 앙켑스 역시 극도로 발휘되어 몬스터에게 씌워진다.

"너 죽고 나면 그 칼은 내가 쓴다. 이 새끼야!"

주영휘가 소리를 질렀다.

듀라한의 주인, 폴리몬이 나타나다

메콰스를 제외하고도 전투인원이 열넷이나 되고, 그중에는 세현과 호올, 주영휘 같은 특이한 존재들도 있었다.

그럼에도 듀라한들과의 싸움은 치열했다.

그중에서도 주영휘와 호올, 세현이 상대하고 있는 특이 듀라한은 셋이 힘을 모아서도 제압하는데 오랜 시간이 걸리고 있었다.

"앙켑스가 왜 이리 느려?"

주영휘가 평소와 달리 반말로 고함을 질렀다.

전투 중에는 존대고 뭐고 없는 주영휘였다.

"저항력이 강한데다가 에테르 스킨이 훨씬 강해서 그런 거야!"

세현이 빽 하고 고함을 질렀다.

자신도 열심히 노력하고 있다는 뜻이다.

특이 듀라한은 몸집이 일반 듀라한들에 비해서 두 배에 가까웠다.

인간형이라곤 하지만 몸통이 역삼각형으로 땅땅하게 생긴데다가 팔다리 역시 두껍기 짝이 없었다.

하지만 놈은 그런 체구를 지니고 유연하고 민첩하게 움직였는데, 에테르 역시 강력하기 짝이 없었다.

일반 듀라한들은 파란색 등급의 몬스터 수준이었는데, 특이 듀라한은 그보다 훨씬 강했다.

세현은 특이 듀라한의 등급을 남색으로 추정했다.

우우우웅!

조금씩 깎여 나가는 에테르 스킨 때문에 신경질이 났던지 특이 듀라한의 공격이 한층 거세지기 시작했다.

세 개의 날을 세운 기형도(奇形刀)에 새하얀 에테르가 맺히더니 자라나기 시작했다.

"빌어먹을 놈, 강기(剛氣)다!"

"위험!"

"맞받아치지 말고 회피!"

세 명의 호올이 각자 개성에 따라서 소리를 지르며 메뚜기처럼 사방으로 뛰었다.

"아, 이런 썅!"

호올 셋이 빠지는 순간 홀로 남은 주영휘는 특이 듀라한의 공격이 자신에게 집중되는 것을 확인하고는 곧바로 각성 능력을 사용하며 투덜거렸다.

후웅!

특이 듀라한의 기형도가 주영휘의 몸을 반으로 가르며 횡으로 허공을 휩쓸었다.

쿠롸락! 쿠루롸락과!

특이 듀라한은 자신의 도가 주영휘의 몸을 반으로 도막을 냈다고 여겼다가 그것이 순간이동 후의 잔상이었음을 깨달았는지 커다랗게 소리를 질렀다.

그리고 십여 미터 뒤로 물러난 주영휘를 발견하고 순식간에 거리를 좁혀 달려들었다.

각성 능력으로 단거리 순간이동을 할 수 있는 주영휘지만 그 능력을 사용하는 데는 얼마간의 딜레이가 있었다. 당연히 주영휘가 위험한 상황이라고 할 수 있었지만, 정작 주영휘는 다급한 모습을 보이지 않았다.

대신에 주영휘를 향해서 달려들던 특이 듀라한이 급하게 기형도에 에테르를 가득 담아서 가슴 앞으로 세우며 방어 자세를 취했다.

그리고 그 직후, 특이 듀라한에게 세현의 마법 공격이 쏟아져 내렸다.

콰과과과과과과광!

여섯 개의 마법진에서 연속으로 쏘아진 수십 발의 마법이 특이 듀라한의 움직임을 거의 완벽하게 봉쇄했다.

구락 쿠콰락! 드라로락!

기형도에 에테르를 주입해서 그것을 핵으로 에테르 방어막을 만들어낸 특이 듀라한이 방어막 뒤에서 뭐라고 떠들었다.

하지만 그 소리에 신경을 쓰는 사람은 아무도 없었다.

다만 호올 셋이 소리도 없이 특이 듀라한의 뒤쪽으로 스며들었고, 주영휘는 정면에 위치했다.

그리고 세현의 마법 공격이 끝나는 순간 제일 먼저 주영휘가 특이 듀라한의 주의를 끌며 정면에서 달려들었다.

세현의 마법 공격을 막으며 방어막을 만들었다가 마법 공격이 끝나면서 공세로 전환을 하려던 특이 듀라한의 틈을 노린 공격이었다.

쿠락!

하지만 특이 듀라한은 달려드는 주영휘의 공격을 기형도를 이용해서 어렵지 않게 막아냈다.

콰과광!

"크윽! 새끼, 센데?"

주영휘가 허공에 뜬 상태로 특이 듀라한의 공격을 검을 받아내면서 훌훌 뒤로 날아갔다.

상대의 힘을 거스르지 않고 받아서 몸을 뺀 것이다.

푸욱! 쿡! 츠리!

쿠콰!

하지만 호올을 잠깐 잊고 있었던 특이 듀라한은 그 대가를 확실하게 치러야 했다.

호올 셋의 공격이 특이 듀라한의 몸에 크고 작은 상처를 만들었다. 에테르 스킨 때문에 일반적인 공격은 상쇄가 되어야 마땅하지만, 그보다 훨씬 밀도가 높은 강기(剛氣)공격은 특이 듀라한의 에테르 스킨을 뚫고 몸에 상처를 낸 것이다.

만약 특이 듀라한이 호올들의 공격을 감지했다면 상황은 달랐을 것이다. 공격을 의식하는 순간 에테르 스킨은 훨씬 강력한 방어를 해냈을 것이다.

에테르 스킨의 방어는 거의 본능적으로 이루어지는 것이어서 공격을 인식하는 순간 훨씬 강해진다. 하지만 전혀 의식하지 못한 공격에는 방어력이 떨어질 수밖에 없었다.

더구나 지금 특이 듀라한은 세현의 앙켑스 때문에 시시각각 에테르 스킨이 약해지고 있는 상황이었다.

목 뒤에 단검 하나가 깊게 박혔고, 옆구리에도 상처를 입었다.

거기에 발목 뒤쪽, 아킬레스건에도 상처가 생겼다.

특히 목에 박힌 단검은 위험해 보였다.

호올은 특이 듀라한의 반격에 단검을 깊이 박은 상태로 그냥 두고 몸을 피했는데, 사발을 엎어 놓은 것 같은 특이 듀라한의 작은 머리가 위태로워 보였다.

지렛대의 원리를 이용하면 단검으로 머리를 병뚜껑 따듯이 딸 수 있을 것처럼 느껴질 정도였다.

순간의 방심이 특이 듀라한을 궁지에 몰아넣은 것이다.

'다시 준비해 줘.'

[음음! 언제든, 언제든 가능해. 음.]

세현이 기회를 놓치지 않기 위해서 다시 마법 공격을 준비하면서 특이 듀라한을 향해서 앙켑스 에테르를 뿌렸다.

앙켑스 에테르의 특징은 상대의 에테르와 충돌하지 않는다는 것이다.

마치 대기 중에 있는 일반적인 에테르처럼 아무런 저항을 받지 않고 상대에게 침투가 가능하다는 것이 앙켑스 에테르의 최고 무기였다.

그리고 그렇게 상대에게 침투한 앙켑스 에테르는 세현의 의지에 따라서 어떤 성질로든 변했다.

그것이 바로 앙켑스의 핵심이었다.

세현이 자신의 앙켑스 에테르를 변화시키는 것.

물론 에테르가 변화를 시작하면 당연히 내부에서 저항이 생기게 마련이다.

하지만 그 저항도 에테르를 이용한 것이다 보니 세현은 앙켑스 에테르를 이용해서 그 저항 에테르를 무마시키는 새로운 성질의 에테르를 만들었다.

그러면 다시 그에 저항하는 에테르가 생기고, 또 그걸 무력화하는 과정들이 반복된다.

그리고 그렇게 시간이 흘러가면 당연히 세현에게 유리하다. 그 시간 동안에도 세현이 처음 대상에게서 없애려던 에테르는 조금씩 중화되거나 무력화되기 때문이다.

'하지만 그게 전부는 아니지.'

세현은 앙켑스 에테르를 움직이며 그런 생각을 했다.

그와 동시에 특이 듀라한의 몸 안에 들어간 앙켑스 에테르 중에 일부가 새로운 변화를 일으켰다.

세현이 따로 떼어낸 앙켑스 에테르는 한곳에 뭉쳐서 밀도를 높이기 시작하더니 순식간에 성질을 바꾸었다.

그리고 그 앙켑스 에테르와 특이 몬스터의 에테르가 서로 만나는 순간.

퍼벅!

쿠아아악 쿠아아아악!

특이 듀라한의 머리 부분이 주먹만 한 크기로 터져 나갔다.

조금 전에 호올의 단검이 깊이 박혔던 바로 옆부분이어서 특이 듀라한이 받은 타격은 훨씬 더 커 보였다.

"끝장을 보자! 달라붙어! 정면은 비워 두고!"

세현이 고함을 질렀다.

그러자 세 명의 호올과 주영휘가 다시 특이 듀라한을 향해 몸을 날렸다. 그리고 그와 동시에 '팥쥐'가 준비하고 있던 마법들이 특이 듀라한을 향해서 다시 쏟아졌다.

훙훙훙훙훙훙훙!

마지 붉은 색의 창이 길게 늘어나 특이 듀라한을 향해서 뻗어가는 것처럼 마법이 연속적으로 날아갔다.

그리고 그 마법이 특이 듀라한에게 직격하는 순간, 측면과 후방에서 주영휘와 호올들이 달려들었다.

콰과과과과과광!

터더더더덩!

"뭐야? 이건?"

"젠장!"

"위험!"

하지만 공격은 성공하지 못했다.

갑작스럽게 만들어진 강력한 방어막이 특이 듀라한을 감싼 것이다.

"뭐지?"

세현도 갑자기 생겨난 방어막의 출처를 알지 못했다.

다만 그것이 특이 듀라한이 만들어낸 것이 아니라고 확신했다.

이미 특이 듀라한의 몸 안에는 세현의 앙켑스 에테르가 넓게 분포하고 있었다. 그런 중에 특이 듀라한이 에테르를 사용한 것이라면 그것을 세현이 모를 수는 없었다.

그런 에테르가 특이 듀라한의 내부에서 움직이는데 모른다면 그것은 앙켑스 에테르로 파악하지 못한 에테르를 특이 듀라한이 사용했다는 뜻일 것이다.

"저기 봐!"

"뭐야? 허공에 떠 있어?"

"사람 아냐?"

"그렇게 보이긴 하지만 어째 느낌이 쎄하지 않아?"

그때, 팀 미래로의 대원들이 일반 듀라한의 뒤쪽 멀지 않은 곳에 떠 있는 뭔가를 발견했다.

세현의 시선도 자연스럽게 그쪽으로 향했다.

온몸을 감싸는 일체형의 옷.

지구에선 과거 중세 시대 수도자들이 주로 입었던 로브를 닮은 옷을 입고 허리를 끈을 묶은 모습이었다.

머리카락과 눈썹, 눈동자가 초록색인 것이 특이했지만 나머지는 특별할 것이 없이 지구인과 닮은 모습이었다.

"음, 곤란하단 말이지. 그 녀석은 내겐 꽤나 중요한 녀석이라서 말이지."

멀리서 중얼거린 목소리지만 팀 미래로 모두가 확실히 들을 수 있는 소리였다.

스르르르르르륵! 파락파락!

그는 말을 하는 동시에 허공을 날아서 팀 미래로를 향해 다가왔다.

"통역이 되는데? 이종족인 모양이지?"

"그런가 보네."

말을 알아들을 수 있다는 사실에 대원들이 안도했다.

하지만 그 순간에도 세현은 바짝 긴장한 상태로 허공을 날아서 특이 듀라한의 머리 위에 도착한 존재를 노려봤다.

그 사이에 주영휘와 호올까지 모두 물러나서 팀 미래로의 전위(前衛) 위치에 섰다.

"허허, 폴리몬이 여기에 있다니 놀라운 일입니다."

그때, 메콰스가 상대의 정체를 대원들에게 알리듯이 말했다.

"폴리몬? 그리고 보니 투바투보에서도 폴리몬들이랑은 대화가 통했지?"

"저게 폴리몬이란 말입니까? 영감님?"

대원 중 하나가 메콰스에게 확인하듯이 물었다.

"맞습니다. 폴리몬입니다. 이 늙은이가 다른 것은 몰라도 그런 구별은 제법 잘하지요."

메콰스가 확신하듯 말했다.

"염병, 저거 강해보이지 않아?"

"허공에 둥둥 떠서 날아다니는 놈인데 당연 강하겠지. 날개도 없는 놈이 저러고 있으면 그게 보통 놈이겠냐?"

"저 방어막도 저놈이 만든 거겠지?"

"……."

세현은 상황을 지켜보며 '팥쥐'에게 마법 공격과 방어를 주문했다. 그리고 동시에 콩쥐에게 단체 공간 이동을 할 수 있도록 준비를 시켰다.

[음음. 금방 안 돼. 시간 걸려. 음.]

하지만 단체 공간 이동은 얼마간 시간이 필요했다.

[음. 준비하는 동안 방어밖에 못해! 강한 공격 어려워. 음.]

거기다가 '팥쥐'의 방어 능력은 몰라도 마법진을 이용한 공격은 제약이 생기기도 하는 모양이었다.

세현은 그 이유를 묻지 않았다.

'최대한 빠르게 준비해 줘.'

[음음. 알았어.]

세현은 그렇게 준비를 하며 폴리몬에게서 시선을 떼지 않았다.

"당신은 폴리몬인가?"

그리고 시간을 끌기 위해서 폴리몬에게 말을 걸었다.

눈앞에 있는 폴리몬은 세현 일행이 감당하기 어려운 강자라는 느낌이 강하게 들었기 때문이다.

"맞다. 나는 폴리몬이다."

폴리몬은 순순이 세현의 물음에 답했다.

"이곳 이면공간은 당신의 영역인가?"

세현이 다시 물었다.

"딱히 무슨 영역이나 그런 것은 아니지. 이쪽 지역은 누가 차지하거나 할 수 있는 곳은 아니니까 말이야. 뭐 그래도 이곳은 내가 주관하는 곳이라고 해도 틀리진 않지."

"당신이 나타난 것은 우리가 몬스터를 죽였기 때문인가?"

"따지고 보면 그렇게 되겠지. 너희가 내 종들을 죽였으니 말이야."

폴리몬은 눈에서 녹색의 광체를 일렁이며 대답했다.

그 눈빛에는 조금 전까지는 보이지 않던 강한 살의가 담겨 있었다.

'젠장 위험한데?'

세현은 몸이 일순간 수축되는 듯한 긴장감을 느꼈다.

Chapter 4

팀 미래로의 전멸 위기

고오오오오오!

녹색 눈의 폴리몬이 뿜어내는 기세는 어마어마했다.

세현은 그 기세를 느끼며 눈앞에 있는 폴리몬에 투바투보의 영웅들과 비견된 능력을 지니고 있을 거란 느낌을 받았다.

그리고 지금의 팀 미래로의 능력으로는 절대로 맞서 싸울 수 있는 상대가 아니란 판단을 내렸다.

'얼마나 걸려? 아직 멀었어?'

[음. 아직이야. 기다려야 해. 콩쥐, 열심히 하고 있어. 음음.]

'팥쥐'도 상황이 다급한 것을 아는 모양인지 콩쥐를 구박할 여유도 없어 보였다.

"모두들 밀집 대형을 갖춘다. 서로의 움직임에 방해가 되지 않을 정도로 뭉쳐! 흩어지면 죽는다."

세현이 팀 미래로를 향해 고함을 질렀다. 그리고 팀 미래로의 대원들은 그 명령에 따라서 조금씩 움직여서 한곳으로 뭉치기 시작했다.

녹색 눈의 폴리몬은 그 모습을 미동도 하지 않고 지켜보고 있었다.

"조금 더 뭉쳐! 힘을 모으지 않으면 상대할 수 없는 적이다!"

세현이 다시 한 번 팀 미래로 대원들을 다그쳤다.

그러면서 세현은 녹색 눈의 폴리몬의 주시했다.

사실상 세현이 팀 미래로를 뭉치는 것은 단체 공간 이동에 유리한 대형을 만들기 위해서였다.

하지만 그것이 전부가 아니라 단체 공간 이동을 하는데 꼭 필요한 시간을 끌기 위한 목적도 있었다.

벌레들이 사방으로 흩어지면 그것들을 하나씩 잡아 죽이는 것은 귀찮은 일이다.

하지만 그 벌레들인 한 곳에 오글오글 뭉쳐 있다면 이야기가 다르다.

그런 경우엔 한 방에 모든 것을 해결할 수가 있다.

그리고 그렇게 할 수 있다면 벌레들이 한 곳으로 뭉치는 것을 여유롭게 기다리는 것도 충분히 감수할 만한 일이다.

세현은 녹색 눈의 폴리몬이 그와 같은 심정으로 팀 미래로의 움직임을 기다려주길 기대했다.

그렇게라도 시간을 끌어서 단체 공간 이동이 가능하다면 그것으로 족했다.

'아직 더 기다려야 해?'

[음. 조금 데]

세현과 '팥쥐'의 다급한 의사소통이 이어졌다.

그 사이에 팀 미래로는 서로 어깨와 등이 닿을 정도로 밀집된 대형을 만들었다.

그러자 그 순간 녹색 눈의 폴리몬이 허공에서 조금씩 내려와서 그가 나타난 이후로 꼼짝도 않고 서 있는 특이 듀라한의 머리 위에 내려섰다.

녹색 눈의 폴리몬이 나타난 이후로 특이 듀라한뿐만 아니라 일반 듀라한들도 동작을 멈추고 꼿꼿하게 서 있었다.

"벌레들, 준비가 된 것 같구나. 그럼 이제… 죽어라!"

녹색 눈의 폴리몬은 한 손을 머리 위로 들어 올렸고, 그와 동시에 그의 머리 위에는 어마어마한 양의 에테르가 모여들기 시작했다.

"제길, 란탈로가 그립다."

"그 새끼 있어도 될 일은 아니지."

해체된 어스 부대의 유럽팀 팀장이었던 란탈로를 떠올리는 대원들이었다.

에테르 각성 능력으로 방어막이라는 특별한 능력을 얻은 란탈로는 비록 시간제한이 있고, 사용 중에 이동 불가라는 단점이 있기는 하지만 굉장한 방어막을 만들었다.

그러니 당연히 이런 상황에선 란탈로가 곁에 없는 것이 아쉬울 수밖에 없었다.

"흐압!"

녹색 눈의 폴리몬이 짧은 기합 소리와 함께 머리 위에 만든 녹색 에테르 구체를 팀 미래로를 향해 던졌다.

투화화화화화!

녹색의 구체는 어마어마한 기세와는 달리 느릿느릿한 속도로 팀 미래로를 향해 날아왔다.

"온다!"

"모여!"

팀 미래로의 대원들은 한층 더 가까이 서로의 몸을 붙이며 에테르를 최대한 끌어 올려 신체 방어력을 높였다.

어떻게든 생존 확률을 높이려는 자구책이었다.

'이동! 이동해!'

세현이 날아오는 녹색 구체를 보며 다급하게 '팥쥐'를 향해 마음속으로 외쳤다.

[음음. 시간 더 있어야 해. 저거 막고 이동. 막아야 해! 콩쥐, 힘내고 있지만 늦어! 음.]

하지만 돌아오는 '팥쥐'의 대답은 절망적이었다.

'그럼 일단 막아!'

[음. 난 굉장하고 대단해. 막을 거야! 음음음!]

세현의 다급한 의지를 받은 '팥쥐'가 서둘러 폴리몬이 날려 보낸 녹색 에테르 구체를 방어하기 위해 움직였다.

파지직 파지직 파지지지직!

녹색의 에테르 구체 외면에 엄청난 스파크들이 일어났다.

'팥쥐'가 에테르 구체에 간섭하기 위해 사용한 에테르와 녹색 구체의 에테르가 서로 충돌하며 일어난 현상이었다.

[음. 강해!]

'팥쥐'는 날아오는 에테르 구체를 허공에서 폭발시키려 했지만 성공하지 못했다.

[약간만 약화시켰어. 음. 그래도 강해! 아주 강해!]

스윗, 스윗, 스윗!

여전히 녹색 구체에서 스파크가 일어나는 동안에 팀 미래로의 전방에 투명한 방어막 세 개가 생겼다. 오로지 녹색 구체의 진행 경로에만 생겨난 그 방어막은 '팥쥐'가 모든 힘을 쏟아 부어서 만들어낸 방어막이었다.

[음. 막으면 콩쥐가 다음을 책임지는 거야. 음음. 내가 막을 수 있어. 음음. 할 수 있써어어어!]

콰과광 콰광 콰과광!

하지만 녹색의 구체는 '팥쥐'가 만들어 놓은 방어막 셋을 무참하게 박살냈다.

그리고 곧바로 팀 미래로를 향해 날아왔다.

세현은 물론이고 팀 미래로의 대원들 얼굴이 시커멓게 죽었다.

그 순간.

퍼버버벙!

[음! 성공이야. 성공! 해낸 거야!]

녹색의 구체가 팀 미래로와의 충돌을 얼마 남기지 않고 허공에서 폭발했다.

'네가 한 거야?'

세현이 '팥쥐'에게 물었다.

[음. 약해졌어. 많이. 그래서 성공했어. 난 대단하고 굉장하고 훌륭해. 음음음.]

'팥쥐'가 흥에 겨운 목소리로 들뜬 의지를 전했다.

'어서 이동해! 시간이 없어!'

하지만 세현은 한 번의 공격을 막은 것에 특별한 의미를 둘 여유가 없었다.

중요한 것은 팀 미래로의 안전을 확보하는 것이었다.

[음. 가! 갈 수 있어! 콩쥐, 어서 해!]

'팥쥐'도 세현의 급한 마음을 읽었는지 콩쥐에게 단체 공간 이동을 실행하라고 윽박질렀다.

[……]

순간 콩쥐의 의지가 살짝 드러나더니 새하얀 빛이 팀 미래로를 감쌌다.

"뭐냐? 감히!"

순간 녹색 눈의 폴리몬이 뭔가 느낀 듯이 다급하게 고함을 질렀다.

콰지지지지직!

그리고 세현은 팀 미래로를 감싸고 있는 주변의 대기가 일그러지는 것을 느꼈다.

파지지지지 파지지지직 파지직!

그와 동시에 팀 미래로를 감싸던 하얀빛이 불안정하게 흔들리기 시작했다.

[음. 방해! 방해받고 있어. 공간 이동을 방해하고 있어.]

'팥쥐'가 다급하게 소리를 질렀다.

'이동이 불가능한 거야?'

[찾고 있어. 틈, 적응, 동조. 이동 가능성을 찾는 중이야. 음음. 콩쥐, 힘내!]

"버러지들, 감히 도망을 갈 수 있을 거라고 생각한 거냐? 크하하핫!"

녹색 눈의 폴리몬이 특이 듀라한의 머리 위에서 고함을 지르며 크게 웃었다.

파지지지지 파지지지 파직!

그와 함께 팀 미래로를 감싼 하얀빛은 더욱 불안하게 흔들렸다.

[음, 콩쥐, 힘들어해! 음음. 이대로 가면 콩쥐 힘이 모자라.]

'도울 방법이 없어?'

세현도 콩쥐의 공간이동이 실패하면 뒤가 없다는 사실을 잘 알고 있었기에 '팥쥐'에게 다급하게 물었다.

[음. 나도 힘없어. 아까 공격 막느라 남은 힘이 없어. 콩쥐 못 도와. 다음에 콩쥐 더 많이 먹여야겠어. 주얼이랑 코어랑.]

'팥쥐'도 그동안 콩쥐를 너무 굶겼다는 생각을 한 모양인지 다음부턴 잘 먹이겠다는 소리를 한다. 하지만 지금 당장 무슨 방법을 찾지 못하는 것은 확실했다.

'어떻게 하지?'

파지지지지 파지지지. 우웅, 우웅, 우웅.

"읔! 이거 왜 이래?"

"이거, 분명히 공간 이동할 때에 나는 빛이잖아. 그런데……."

"염병, 저놈이 막고 있는 거지 뭐. 들어 놓고 뭔 헛소리야?"

공간 이동을 방해하는 탓인지 빛이 불안하게 흔들리는 것은 물론이고 여러 감각 기관에 이상이 생기기 시작했다.

귀에선 이명이 들리고, 눈에는 실핏줄이 터지기 시작했다. 거기다가 균형 감각에도 문제가 생겼는지 비틀거리는 대원들이 늘어났다.

빠드득.

세현 역시 몸에 이상을 느끼면서 이를 갈았다.

"벌레들! 죽을 때가 되었다!"

녹색 눈의 폴리몬이 그렇게 말을 하며 손짓을 했다.

그러자 지금까지 꼼짝도 않고 있던 듀라한들이 움직이기 시작했다.

'저놈도 공간 이동을 막느라고 여력이 없는 건가?'

세현은 듀라한을 움직이는 폴리몬의 행동을 보며 그렇게 짐작했다.

하지만 그렇다고 세현 일행에게 뭔가 방법이 생긴 것은 아니었다. 듀라한들이 몰려오면 팀 미래로는 순식간에 쓸려버릴 것이다.

"대장, 싸웁시다. 달려 나가면 저 몬스터들 몇 마리는 잡을 수 있지 않겠습니까?"

주영휘가 세현을 향해 고함을 질렀다.

"맞습니다. 이렇게 죽을 때만 기다리긴 억울하잖습니까?"

현필도 주영휘와 같은 의견인지 세현을 보며 외쳤다.

하지만 세현은 그들의 말대로 할 수 없음을 잘 알고 있었다.

"우리가 공간 이동을 포기하는 순간, 저 폴리몬이 우릴 죽일 거다. 폴리몬이 못 움직이는 이유가 공간 이동을 방해하기 위해서 힘을 쓰기 때문이야."

세현이 대원들에게 고함을 질렀다.

"하지만 이러나저러나 죽기는……."

이춘길도 이제는 백 미터 안쪽으로 다가선 듀라한들을 보며 싸우고 싶다는 의지를 내비쳤다.

"가까이 오면! 몬스터들과 뒤섞여 난전을 펼친다. 그러면 폴리몬 놈도 무식한 공격은 못 하겠지."

세현이 결국 결정을 내렸다.

듀라한들과 뒤엉켜 싸워보자는 것.

그러면 적어도 폴리먼이 한꺼번에 모두를 날려버릴 공격은 하지 않으리란 기대였다.

그리고 결국 듀라한들이 팀 미래로와 맞부딪히는 순간이 왔다.

'콩쥐, 수고했다. 이젠 그만하자.'

세현이 콩쥐에게 공간 이동을 멈출 것을 지시했다.

[…….]

콩쥐의 안타까운 의지가 세현에게 전해졌다.

어쩌면 마지막일지도 모르는 소통이었다.

[음. 해보는 거야. 싸울 수 있어!]

그리고 거기에 '끝쥐'의 의지가 더해졌다.

쿠콰콰콰콰! 쿠콰락!

"씨팔 새끼들! 그래, 같이 죽자!"

"죽어!"

"우라차차!"

콰과광! 퍼버벙! 콰광!

순식간에 난전이 벌어졌다.

세현은 다급하게 주변에 있는 듀라한들에게 앙켑스 에테르를 뿌려댔다. 그리고 칼과 방패를 들고 싸움에 가담했다.

"이런, 이 늙은이는 힘이 없는데 어쩌누!"

메콰스의 팔이 나뭇가지로 바뀌더니 듀라한을 향해서 창처럼 뻗어 나갔다.

콰지직!

하지만 에테르 스킨이 멀쩡한 듀라한의 몸을 뚫지는 못했다.

쿠콰콰랄!

하지만 충격이 전혀 없는 것은 아닌지, 메콰스의 공격을 받은 듀라한이 메콰스를 향해 달려든다.

콰과광! 콰광!

듀라한이 들고 있는 검이 메콰스의 팔과 부딪히며 굉음을 낸다. 메콰스의 변형된 팔에는 갈색의 에테르 기운이 맺혀 있었다.

콰과광! 쿠광!

쿠콰콰콰 쿠콰!

"으라차, 죽어! 새꺄!"

"썰어버려!"

"젠장 내가 헌터란 것이 이래서 싫어. 천공기사들은 허접해도 각성 능력 한 가지는 있잖아!"

"그러니까 말이지. 제기랄! 죽어!"

여기저기서 팀 미래로의 대원들이 듀라한과 접전을 벌이고 있었다.

하지만 상황은 절망적이었다.

싸움에 참여하는 듀라한의 수는 점점 늘어났고, 팀 미래로의 대원들을 하나씩 포위되며 고립되고 있었다.

"버러지들!"

거기다가 녹색 눈의 폴리몬은 다시금 거대한 에테르 구체를 머리위에 띄우고 있었다.

"죽어라! 귀찮은 것들!"

그리고 세현의 예상과는 다르게 팀 미래로와 듀라한들이 뒤엉켜 있는 곳을 향해 그 구체를 내던졌다.

쒸앙!

그리고 그 구체의 속도는 이전과는 비교할 수 없을 정도로 빨랐다. 순식간에 녹색 구체가 팀 미래로와 듀라한들을 집어삼켰다.

쿠아아앙!

엉청난 폭음과 함께 눈을 멀게 할 빛이 구체가 충돌한 지점에서 일어났다.

투롸? 투롸와라랄락!

그 순간 녹색 눈의 폴리몬은 뭔가에 깜짝 놀란 듯이 소리를 질렀다.

하지만 그 소리는 이면공간 시스템에 의해서 번역이 되는 말이 아닌 몬스터들의 괴음이었다.

사실 녹색 눈의 폴리몬은 너무 놀라서 그들 에테르 기반 생명체들의 언어로 말을 했던 것이다.

"재미있는 일이 벌어지고 있네? 응? 이게 무슨 일이야? 으응? 설명 좀 해줄래?"

그리고 그 폭발이 일어난 중심에서 생기발랄한 목소리가 흘러 나왔다.

그 순간, 녹색 눈의 폴리몬의 인상은 참혹하게 찌그러졌다.

그녀가 나타났다!

"…진미선 씨?"

세현은 팀 미래로의 앞에서 폴리몬의 공격을 막아낸 존재를 확인하고 멍한 표정으로 중얼거렸다.

얼굴이 보이지 않고 뒷모습과 목소리만 확인했지만 그것으로도 충분히 그녀가 분쟁지역에서 강한 인상을 남긴 진미선임을 알 수 있었다.

"네네, 또 보네? 뭐 이런 상황이라서 웃으며 인사를 하기는 어렵겠지만, 그래도 이젠 걱정하지 않아도 될 거야. 내가 있으니까."

진미선은 세현의 목소리를 들었던지 등을 돌려 팀 미래로를 바라보며 그렇게 말을 하고는 다시 폴리몬을 향해 돌아섰다.

그녀가 그렇게 태연자약하게 행동을 하는 동안에도 녹색 눈의 폴리몬은 그저 뚫어져라 진미선을 바라보기만 할 뿐, 아무 행동도 하지 않고 있었다.

[음음. 이동? 이동해? 시간 조금 필요하지만 이동 준비할 수 있다는데? 콩쥐가. 음음.]

그때, 세현의 뇌리에는 '팥쥐'의 의지가 전해지고 있었다.

'아니, 이동을 하지는 말고 준비만 해 두고 있어. 최대한 빠르게 공간 이동을 할 수 있도록 준비만.'

[음음. 알았어. 콩쥐, 잘해! 이번엔 정말 잘해야 해! 못하면 크게 혼나!]

세현의 말에 '팥쥐'가 콩쥐를 구박하기 시작한다.

아무래도 이젠 상황에 여유가 좀 있다고 생각한 모양인지 곧바로 콩쥐 구박 모드로 돌아선 것 같았다.

세현은 그걸 느끼고는 쓴웃음을 지으며 진미선과 녹색 눈 폴리몬 사이의 대화에 귀를 기울였다.

"내가 전에 말했지? 그냥 조용히 살라고 말이야. 여기가 너희 구역도 아니고, 또 우리 구역도 아니어서 널 쫓아내지도 않고 죽이지도 않았잖아. 그런데 이러면 곤란하지. 안 그래?"

진미선이 녹색 눈 폴리몬을 보며 조용한 목소리로 말했다. 녹색 눈 폴리몬은 진미선의 말을 들으면서 강렬하게 빛나던 녹색 눈빛이 간헐적으로 흔들렸다.

세현이 아니라 누가 보더라도 두려움에 떨고 있다는 것을 충분히 알 수 있는 모습이었다.

"왜 말을 안 해? 내가 묻고 있잖아. 지금 너, 날 무시하는 거야? 응?"

진미선이 녹색 눈 폴리몬을 노려보며 따지듯 목소리를 조금 높였다.

"저, 저들이 먼저 내 권속들을 죽이고 이 아이를 죽이려 했습니다. 그런데도 그걸 그냥 보고만 있으라는 말입니까?"

뜻밖에도 녹색 눈의 폴리몬은 진미선에게 존대를 하며 이야기했다.

그런데 그 내용이 어처구니가 없는 말이다.

세현이 발끈하고 나섰다.

"그럼 우릴 공격하는 몬스터들을 그냥 두고 보란 말이냐? 우리 그저 여길 지나서 지유에선으로 가려고 했을 뿐인데 네 권속이라는 저것들이 우릴 공격한 거잖아!"

세현은 진미선의 뒤에서 그렇게 소리를 치면서도 한편으로는 자존심이 무척 상했다.

지금 상황을 놓고 보면 싸움에 진 아이가 엄마 뒤에서 큰소리치는 것과 다를 바가 없이 느껴진 것이다.

"쓸데없이 시시비비를 가리는 건 의미가 없는 일이야. 너! 내가 전에 여기 지나가면서 뭐라고 했지?"

진미선은 세현과 녹색 눈 폴리몬의 말다툼 따위는 관심도 없다는 듯이 녹색 눈 폴리몬을 바라보며 물었다.

"……"

녹색 눈 폴리몬은 더욱더 눈빛이 흔들리며 진미선의 말에 대답을 하지 못했다.

"너, 아까부터 계속해서 내 질문에 대답을 안 하는데, 그러면 내가 무척 기분이 상할 거라는 생각은 안 하는 모양이지?"

"무, 문제를 일으키면 소멸시켜버리겠다고 해, 했습니다."

"그래, 그래. 내가 그랬잖아. 그냥 조용히 살면 아무 문제없을 거라고 말이야. 거기다가 내가 뭐라고 했어? 정말로 위험한 상황이 되면 스스로를 지키기 위해서 자위권(自衛權)을 발동해도 된다고 했잖아. 응? 내가 언제 너보고 누가 때리면 그냥 맞아 죽으라고 하던?"

"아, 아닙니다."

"그래. 내가 그리고 뭐라고 했어? 대신에 너 먼저 나서서 인간들을 공격하는 일은 하지 말라고 했지?"

"그, 그렇습니다."

"그런데 왜 그랬어?"

"제, 제가 먼저 인간을 공격한 것이 아닙니다. 저는 그저 이 녀석이 소멸을 할 상황이라 어쩔 수 없이 나선 겁니다."

녹색 눈의 폴리몬은 특이 듀라한의 머리 위에서 슬쩍 발을 구르며 말했다.

"아, 그러니까 네가 아끼는 그 녀석을 구하기 위해서 어쩔 수 없이 여기 인간들을 공격했다고?"

"그, 그렇습니다."

"그래, 그렇구나. 그럼, 그전에 그것들이 인간을 공격한 것도 네 의사는 아니었겠네? 몬스터들이니까 자연스럽게 인간을 공격하는 본능에 따라서 움직였던 거고? 그러다가 상황이 안 좋게 흘러서 여기 인간들이 그 녀석을 죽이게 되니까 네가 나섰다는 거네? 물론 그전에 그것들을 움직인 것은 절대 네가 아니고 말이야."

"……."

녹색 눈의 폴리몬은 진미선의 말에 대꾸를 하지 않고 눈만 껌뻑거리고 있었다.

"너, 말이야. 책임이란 거 알지? 네 권속이란 것들이 여기 인간들을 공격했다면 그 뒤엔 당연히 그 대가를 치러야지. 그러니까 거기 그 특이하게 생긴 너의 권속이 죽을 위기에 처했다면 그건 그 녀석이 선택을 잘못해서 일어난 일이잖아? 안 그래?"

"그, 그렇습니다."

"그런데 니가 끼어들어서 여기 인간들에게 분풀이를 하면 안 되는 거지. 내가, 너한테, 절대로, 격에 맞지 않는, 인간들의 일에, 간섭하지, 말고, 조용히, 살라고, 했잖아! 이, 빌어먹을 폴리몬 새꺄!!"

진미선의 말은 뒤로 갈수록 격앙되더니 결국에는 엄청난 고함과 욕설로 바뀌었다.

투화황!

거기다가 진미선에게서 뭔가가 쏘아져 녹색 눈의 폴리몬에게 날아갔다.

퍼버벅!

쿠롸롸롸락 쿠롸아아아아!

녹색 눈의 폴리몬은 진미선이 날린 뭔가를 얻어맞고 비명을 질렀다. 뭔가 강력한 공격을 맞은 것이 분명한데, 특이하게도 녹색 눈의 폴리몬은 뒤로 밀려나거나 하지는 않았다.

세현은 어떻게 된 것인가 싶어서 녹색 눈의 폴리몬을 바라봤다.

그런데 폴리몬의 몸에는 머리에서 발끝까지 자잘한 상처가 가득했다.

세현은 녹색 눈 폴리몬의 등 뒤를 볼 수는 없었지만 그곳이라고 다르지 않을 거란 사실을 직감했다.

진미선의 공격은 한 방향이 아니라 모든 방향에서 폴리몬에게 충격을 주는 종류였던 것이다.

"변명은, 필요가, 없어. 넌, 그냥, 찌그러져, 있어야, 했던, 거야! 알아?!"

다시 진미선의 고함소리가 이어졌다.

쿠랄화롸롸 쿠롸롸롸롸.

"사, 살려주십시오. 다, 다시는 둥지에서 나오지 않겠습니다. 그, 그러니 제발!"

녹색 눈의 폴리몬이 진미선을 보며 애원을 했다.

그런 그의 발밑으로는 형광 염료가 들어간 것 같은 붉은 피가 흥건히 흐르고 있었다.

세현은 폴리몬의 피가 개체마다 다르구나 하는 엉뚱한 생각을 하며 상황을 보고 있었다.

"너는 특이하구나. 다른 폴리몬들은 약속은 잘 지키는 편인데, 너는 약속을 묘하게 비틀어 어기는 재주가 있어. 이번 일도 그렇지. 나는 분명히 네게 자위권 이외에 먼저 인간을 공격하지 말라고 했고, 너는 그렇게 하겠다고 약속을 했다. 그런데 지금 상황을 보면, 너는 그 약속을 비틀어서 적용을 시켰구나. 권속들을 풀어 놓은 상태에서 네 개입 없이 싸움을 시키고, 그 이후에 네게 특별한 그 마가스를 이용해서 네가 이들을 공격할 빌미를 만들었어."

"사, 살려주십시오."

녹색 눈의 폴리몬은 마치 선고를 하듯이 말하고 있는 진미선에게 다시 한 번 애원했다.

"그런데 말이다. 너는 조금 전에 다시는 둥지에서 나오지 않겠다고 했어. 그럼 나는 생각하지. 네 둥지에 대해서 일정한 한계를 정하는 거다. 네가 살고 있는 곳, 그 작은 영역을 둥지라고 생각하는 거지. 그런데 또 다르게 생각해 보면 네가 어느 순간 이곳 이면공간 전체를 네 둥지로 선언하면 참 재미있는 일이 벌어지겠다는 생각도 드는구나. 안 그러냐?"

"아, 아닙니다. 절대로 그렇게 하지 않겠습니다."

"그래? 그럼 다행이다. 그런데 아무리 생각을 해도 너는 문제가 있다."

"문제라니 그게 무슨?"

"너는 약속의 표면만 지키려 하지, 내면을 지키려고 하지 않아. 그러니까 어떻게 해서든 네가 빠져나갈 구멍을 만들고 일을 벌일 것이 분명해! 그러니까 이럴 때에는 제일 편하고 좋은 방법을 써야 하는 거야. 그렇지?"

진미선이 그렇게 말을 하는 순간, 녹색 눈의 폴리몬이 눈빛을 폭발시키듯 빛내며 몸을 날렸다.

녹색 눈의 폴리몬은 마치 하나의 띠와 같은 잔상을 남기며 먼 곳으로 날아갔다.

"홋, 도망을 가?"

순간 진미선이 짧게 웃음을 터뜨리더니 세현 일행을 돌아봤다.

"잠깐 기다려. 갔다 올 테니까."

진미선의 말소리는 그렇게 팀 미래로의 귀에 남았지만 그녀가 말을 시작할 때엔 이미 그녀의 모습이 모두의 시야에서 사라지고 없었다.

쿠과광! 콰쾅! 우르르르릉! 쿠아앙!

그리고 이면공간의 저 먼 곳에서 굉음과 함께 엄청난 충격파가 일어났다.

"이기겠지요?"

이춘길이 세현의 옆으로 다가서며 물었다.

주어가 빠진 말이었지만 진미선이 주체일 거란 사실은 충분히 짐작을 할 수 있는 말이었다.

"당연하지. 보라고 그놈, 덜덜덜 떨다가 도망간 거잖아. 이길 자신이 있었으면 그렇게 도망을 갔겠어?"

주영휘가 한쪽에 굴러다니는 돌덩이 위에 엉덩이를 붙이며 말했다.

그러자 경직된 듯이 움직이지 않던 팀 미래로의 대원들이 하나하나 몸을 풀며 자리를 잡고 앉기 시작했다.

세현도 팀 미래로의 대원들 중앙에 자리를 잡고 앉았다. 꽤나 오래 전투를 치른 상태라 몸도 정신도 모두 지쳐 있었다.

"따라온 걸까?"

호올이 세현 곁에 앉으며 물었다.

그는 여전히 셋이 되어 있었는데 다른 둘은 대원들과 함께 앉아 있었다.

"글쎄, 그건 모르겠지만 덕분에 살았다는 것은 확실하지."

세현이 중얼거리듯 말했다.

세현은 조금 전에 자신은 물론이고 팀 미래로 전원이 죽을 뻔했다는 사실을 떠올리고 있었다.

"무슨 생각을 하는 거야? 표정이 좋지 않군."

호올이 세현을 보며 말했다.

"음, 그저… 내가 아직 준비가 안 된 상태에서 너무 급하게 움직인 것은 아닌가 하는 그런 생각을 하고 있다."

세현이 대답했다.

"그건 실력이 부족하다는 자각 같은 건가?"

호올이 다시 물었다.

"그렇지. 이렇게 무력하게 당할 거라곤 생각을 못했으니까 말이야."

세현은 자신이 느끼고 있는 자괴감을 숨기지 않았다.

사실 녹색 눈의 폴리몬이 마음만 먹었다면 진미선이 나타나기 전에 팀 미래로는 전멸을 면치 못했을 것이다.

"허허, 그런 생각은 좋지 않습니다. 이면공간을 떠돌며 여행하는 이들 중에는 세현 님보다 훨씬 실력이 떨어지는 이들도 있습니다. 사실 세현 님과, 팀 미래로 정도면 훌륭한 파티라고 할 수 있습니다."

메콰스가 세현에게 위로를 건네듯이 말했다.

그리고 메콰스의 말은 분명한 사실이었다.

세현의 경지는 이면공간에서 활동하는 존재 중에서도 꽤나 높은 것이었다. 혼자서 파란색 등급의 몬스터 몇을 상대할 수 있는 실력이 있고, 남색 등급의 몬스터라도 어떻게든 잡아낼 수 있는 실력이었다.

물론 앙켑스라는 특별한 스킬과 '팥쥐'와 콩쥐의 도움을 받는다는 전제 조건이 붙기는 하지만 그것 역시 세현의 능력이었다.

거기다가 팀 미래로가 더해지면 조금 전에 벌어진 전투처럼 파란색 등급의 몬스터 수십 마리를 한꺼번에 상대할 수 있고, 특이 몬스터까지도 잡을 수 있었다.

그런 전력이라면 이면공간을 돌아다니는 것엔 문제가 없다고 메과스는 판단하고 있었다.

이번과 같은 상황은 정말 예외적인 것일 뿐이었다.

쿠아앙! 우르르르룽! 콰르르르르! 드드드드득!

세현은 멀리서 격렬한 전투 굉음이 들려오는 곳으로 시선을 던졌다.

"허허, 저런 존재는 그야말로 재앙과 같은 것입니다. 그것도 자연재해라고 생각을 해야지요. 만나기도 어렵지만, 또 만난다고 해도 그건 세현 님의 탓이라 할 수 없는 겁니다."

"그건 메과스 님의 말이 맞는 것 같습니다. 대장님께선 어떻게 생각하실지 모르지만 만약 이번 일 때문에 의기소침해 진다면 결국 대장님이 저들 초인의 경지에 오르지 않고서는 아무것도 할 수 없는 꼴이 됩니다."

이춘길 역시 세현의 생각을 짐작했다는 듯이 말했다.

"그렇습니다. 위험은 어디나 있습니다. 그렇다고 언제 일어날지 모르는 위험 때문에 방에만 숨어 살 수는 없지 않습니까?"

언제 온 것인지 현필까지 끼어들었다.

쿠아앙! 쿠아앙! 쾅쾅쾅!

그때, 멀리서 들리는 소리가 변했다.

"끝났군. 저건 일방적으로 두드리는 소리야."

주영휘도 그것을 느꼈는지 그쪽으로 시선을 두고 말했다.

"모두 모여!"

세현이 자리에서 일어나며 소리를 질렀다.

순간 팀 미래로의 대원들이 모두 세현 곁으로 모였다.

'콩쥐, 단체 공간 이동 준비 끝났어?'

[음음! 준비 끝이야. 언제든 할 수 있어!]

'준비해 둬.'

세현은 그렇게 만약을 대비하곤 아직도 굉음이 그치지 않는 먼 곳으로 시선을 두었다.

"혹시라도 모르니 대비하도록. 그 폴리몬의 모습이 보인다면 즉시 공간 이동을 한다."

세현이 팀 미래로의 대원들에게 그렇게 말하며 긴장감을 끌어 올렸고, 대원들 역시 만약을 대비하며 그런 일이 벌어지지 않기를 빌었다.

그리고 어느 순간 멀리서 들리던 굉음이 그쳤다.

그녀와 함께하다

한동안 긴장하며 기다린 팀 미래로는 허공을 밟으며 다가오는 진미선의 모습에 안도의 한숨을 내쉬었다.

진미선은 녹색 눈의 폴리몬과 함께 돌아왔는데, 폴리몬은 진미선의 옆에 축 늘어져서 떠 있었다.

로브 형식의 옷으로 몸을 감싸고 있어서 폴리몬의 상태를 정확하게 알기는 어려웠지만, 그의 옷이 넝마가 되었으니 몸 상태도 비슷할 거란 생각이 들었다.

"아무튼 말로 해서 들어 먹지 않는 것들은 어쩔 수가 없어. 내가 넓은 마음으로 눈을 감아줬으면 고맙게 생각하고 찌그러져 있을 것이지. 쯧!"

진미선은 팀 미래로 앞에 내려서는 동시에 폴리몬 또한 땅바닥에 내던져지듯 떨어졌다.

그리고 동시에 살짝 기세를 뿜어냈는데, 그것은 팀 미래로를 향해서가 아니라 여기저기 멀뚱하게 서 있는 듀라한들을 향한 것이었다.

진미선의 기세가 뿌려지자 듀라한들은 꽁지가 빠지게 사방으로 흩어져 도망갔다.

"감사합니다. 덕분에 목숨을 건졌습니다."

세현이 그런 진미선에게 먼저 인사를 했다.

"괜찮아. 그런 인사는 할 필요 없어. 사실 이 녀석이 너희들을 공격한 것이 문제지. 그건 일종의 규칙 위반과 같은 거거든."

"네? 규칙 위반이요?"

세현은 진미선의 말에 이해가 되지 않는다는 표정으로 되물었다.

"그렇잖아. 우리 같은 존재들이 일반인들을 공격하기 시작하면 그건 정말 재앙이지. 그래서 대체로 그런 일은 하지 않아. 뭐, 상대가 먼저 도발을 하는 경우라면 이야기가 달라지긴 하겠지만."

"아, 그렇습니까?"

세현은 진미선의 말을 어느 정도 이해했다.

초인들 사이의 묵계(默契) 같은 것이 있는 모양이라고.

"자, 그럼 정리를 하지. 이 녀석에 대한 처리는 그쪽에서 해."

"네? 처리를 하라니요?"

"말 그대로 처리. 이놈이 너희들을 죽이려고 했으니까 그 대가를 받으란 거지. 목숨으로."

진미선은 죽은 듯이 쓰러져 있는 폴리몬의 목숨을 끊으라고 말하고 있었다.

"아직 살아 있는 겁니까?"

세현이 물었다.

"그래. 간신히 목숨만 붙여 놓았지. 이 정도라면 너희가 충분히 죽일 수 있을 거야."

"그렇군요."

세현은 그렇게 대꾸를 하고는 팀 미래로의 대원들을 바라봤다. 하지만 대원들은 죽어가는 폴리몬의 숨통을 끊기 위해 나서고 싶지는 않다는 기색이 역력했다.

지이이잉!

세현은 자신이 들고 있던 검에 강기를 뿜아 올렸다.

그리고 성큼성큼 녹색 눈의 폴리몬에게 다가갔다.

서걱!

세현은 단숨에 폴리몬의 목을 잘랐다.

이미 에테르 스킨이 한 올도 남아 있지 않았던 폴리몬은 세현이 휘두른 검에 목이 잘렸다.

"단호하군."

그 모습을 본 진미선이 세현에게 말했다.

"위험한 놈이니까요. 만에 하나라도 이놈이 살아 있다면 이후에 우리 모두를 위험하게 만들 가능성이 높지요. 더구나 에테르 기반 생명체의 정점인 폴리몬인데, 망설일 이유가 없지 않습니까."

세현은 담담한 표정으로 말했다.

정신을 잃은 대상의 목을 자른 것이 꺼림칙하기는 했지만 그렇다고 죄책감을 느낄 정도는 아니었다.

우우우우웅.

"음?"

그런데 죽은 폴리몬의 시체에 변화가 생기기 시작했다.

폴리몬의 시체가 녹색의 연기로 바뀌더니 하나로 뭉치기 시작한 것이다.

팀 미래로의 대원들이 모두 긴장해서 무기를 들어 올렸다.

"괜찮아. 폴리몬 중에서 강력한 기운을 지닌 것들이 죽고 나면 특별한 현상이 일어나는데 지금 이게 그 현상이니까."

그런 팀 미래로 대원들에게 진미선이 괜찮다며 진정시켰다.

그 사이에 녹색의 연기가 뭉쳐서 하나의 구체를 만들어 냈다.

"코어? 저거, 코어가 맞는 겁니까?

폴리몬의 시체에서 나온 녹색 연기가 골프공 크기의 녹색 구체를 만들어 낸 것을 보고 진미선에게 확인하듯이 물었다.

"맞아. 코어. 하지만 당신들이 알고 있는 일반적인 코어와는 또 달라. 저게 녹색이라고 초록색 등급의 코어는 절대 아니지."

진미선이 팀 미래로 대원들을 보며 설명하듯 말을 이었다.

"강력한 폴리몬은 그만큼 많은 에테르를 품고 있어. 그리고 그런 폴리몬이 죽게 되면 그 에테르가 뭉쳐서 저런 코어를 만들어내는 경우가 있어. 그런데 중요한 것은 그렇게 만들어진 코어는 일반적은 코어와는 전혀 다르다는 거지."

"어떻게 다르다는 겁니까?"

세현이 물었다.

"이면공간을 유지하는 코어 중에서 특별한 것이 있다는 사실은 알고 있나?"

세현의 물음에 진미선이 반문으로 답했다.

"특별한 코어라면 의지를 지니고 있는 코어를 말하는 겁니까? 에고를 지녔다고 하는?"

세현이 혹시 하는 표정으로 진미선에게 물었다.

"맞아. 바로 그거야. 폴리몬이 죽으면서 만들어지는 코어는 전부가 에고를 지닌 코어가 되. 그리고……."

진미선이 말을 하다 말고, 땅바닥에 떨어져 있는 녹색의 코어를 집어 들어 세현에게 내밀었다.

"그런 코어들은 굉장한 가치를 지녀. 물론 지구에서는 아직 별로 쓸모가 없겠지만."

"굉장한 가치라면 어떤 것을 말하는 겁니까? 이걸 어디에 쓴 다는 겁니까?"

세현이 녹색 코어를 받아들며 물었다.

"지구 식으로 이야기하자면 엄청난 성능을 지닌 인공지능 연산장치 정도라고 할까?"

"인공지능 연산장치면 컴퓨터 같은 것을 말하는 겁니까?"

"정말로 단순하게 표현하면 그렇다고 할 수 있지."

"그렇군요."

세현은 진미선의 말에 크게 놀라지 않았다.

어차피 이면공간을 유지하는 코어들이 일종의 통제장치와 같은 역할을 한다는 생각을 가지고 있던 세현이었다.

거기다가 간혹 그 통제장치인 코어에 의지가 깃들어 있어서 에테르 기반 생명체를 위한 이면공간을 만든다는 것도 알고 있 었다.

거기다가 세현은 이미 콩쥐를 경험했었다.

의지를 지니고 있는 코어를 한 번 봤고, 또 자신의 천공기 속 에서 콩쥐가 되어 구박을 받고 있으니 손에 들고 있는 녹색 코 어가 특별하다는 느낌이 들지 않는 것이다.

"별로 놀라지 않네? 그건 정말 특별한 거라니까?"

세현의 반응이 그다지 시원찮은 것을 느꼈는지 진미선이 다시 한 번 특별함을 강조했다.

"그래요?"

하지만 여전히 세현의 반응은 심드렁했다.

"당연하지. 코어와 주얼이 어떻게 다른지 알아?"

진미선은 세현의 반응이 마음에 들지 않았던지 어떻게든 특별한 코어에 대해 제대로 된 인식을 세현에게 심어주겠다는 의지를 불태웠다.

"코어는 에테르를 생산하고 주얼은 그렇지 못하다는 거 아닙니까?"

세현이 대답했다.

"맞아. 그런데 그런 코어 중에서 에고를 지닌 것이 있으면 어떤 일이 벌어질까?"

"에테르를 생산하고 그것을 에고가 활용을 하겠지요."

"맞아. 그런데 놀랍지 않다는 건가?"

진미선은 여전히 덤덤한 세현의 표정에 살짝 화가 난 듯 되물었다.

"의지를 지닌 코어는 이미 한 번 경험을 해봤습니다. 그러니 그리 놀랍지는 않지요."

천공기 속에서 매일같이 구박을 받으며 살고 있는 콩쥐를 떠올리며 세현이 대답했다.

"그, 그래? 그건 정말 흔하지 않은 건데……."

이미 경험이 있다는 말에 진미선이 살짝 당황한 표정을 지었다.

"그런데 한 가지, 이런 류의 코어는 등급을 어떻게 측정해야 하는 겁니까?"

그런 진미선에게 세현이 물었다.

"아, 폴리몬 코어는 그 폴리몬이 살아 있을 때의 등급과 같다고 보면 돼. 그러니까 그 코어는 최고 등급의 코어라고 할 수 있지."

"최, 최고 등급이요?"

"뭐, 그 안에도 차등이 분명히 있겠지만 적어도 무지개 등급으로는 보라색 등급에 속한다는 거지."

"보, 보라색이래."

"그야, 그 괴물 놈을 떠올리면 그럴 수밖에 없는 거지."

"그래도 보라색이라잖아. 지금까지 한 번도 본 적이 없는 거라고."

"그런데 겉으로 봐선 그냥 초록색 코어 같은데?"

"그건 또 그러네……."

팀 미래로의 대원들이 보라색 등급이라는 말에 술렁거렸다.

[음음!]

당장 '팥쥐'가 코어에 대한 욕심을 드러냈다.

'안 되는 거 알지? 이거, 에고 코어야. 거기다가 넌 아직 준비도 안 되어 있는 상태잖아. 너 자칫하다간 콩쥐 꼴이 된다.'

[음!! 안 먹을 거야. 나중에, 나중에 먹을래.]

콩쥐 꼴이 된다는 말에 단숨에 코어에 대한 욕심을 버리는 '팥쥐'였다.

세현은 일단 그렇게 '팥쥐'를 눌러놓고 진미선을 바라봤다.

"이건 지금의 저에겐 소용이 없을 것 같습니다만."

세현이 코어를 진미선에게 내밀었다.

"아니, 가지고 있어. 아까도 말했지만 코어는 에테르를 만들어 내. 그리고 지금은 그 코어를 감당할 수 없겠지만 조금씩 연습을 해서 그 코어를 제어해서 자신의 것으로 만들면 초인으로 가는 길이 열릴 수도 있어."

"네? 그게 무슨?"

"지유에선으로 가는 길 아닌가?"

세현이 초인으로 가는 길이란 말에 깜짝 놀라며 물었지만 진미선은 화제를 돌려버렸다.

그리고 주변을 둘러봐도 방금 진미선과 나눈 이야기를 다른 대원들을 듣지 못한 것이 분명해 보였다.

─나중에 따로 이야기해. 코어 활용에 대해서 알려줄 것이 있으니까.

어리둥절한 표정을 짓는 세현에게 진미선의 메시지가 전해졌다.

머릿속에 박히듯 전해지는 의사 표시는 '팥쥐'의 것과 비슷한 느낌이었다.

"맞습니다. 우리는 지유에선으로 가는 길입니다. 그곳에서 타모얀의 대우 부족을 찾을 생각입니다."

"타모얀의 대우 부족은 많은 곳에 흩어져 살고 있을 텐데?"

"알고 있습니다. 하지만 수소문을 해보면 투바투보에서 지구인 둘과 함께 이동한 대우 부족을 찾을 수 있을 거라고 생각합니다."

"아, 그렇군. 뭐 가능성은 있는 이야기네. 지유에션은 우주의 모든 것이 있는 곳이니까. 하지만 정보를 얻으려면 대가를 치러야 할 텐데?"

"이면공간 어디서나 주얼과 코어는 현금처럼 쓸 수 있다고 하더군요."

세현이 주변에 쓰러진 듀라한들과 그 곁에서 뒹구는 에테르 주얼들을 가리키며 말했다.

"나름 준비를 하고 움직이고 있는 거였네? 호호호"

"그런데 진미선 님도 지유에션으로 가시는 겁니까?"

세현이 물었다.

"맞아. 거기서 어디로 갈지는 모르지만 일단 거기까진 가볼 생각이야. 얼마 전에 지나오면서 해결하지 못하고 지나친 일이 있는데 마음에 걸려서 말이지. 일단 급하게 투바투보에 가야해서 지나쳤지만 이젠 여유가 생겼으니 가서 해결을 해야지."

"아, 그렇군요."

세현은 그게 무슨 일인지는 몰라도 덕분에 일행들의 목숨을 건지게 되었으니 고마운 일이란 생각에 고개를 끄덕였다.

"그런데 정말로 이건 저희들에게 주서도 되는 겁니까?"

세현이 여전히 손에 들고 있는 녹색 코어를 들어 올리며 물었다.

"아, 그건 이제 세현, 당신 거야. 여기 함께 있는 분들이 있긴 하지만 그걸 나눌 수는 없으니까 그냥 세현 소유로 하지. 내 물건이라고 생각하고 그걸 세현에게 줬다면 되겠지?"

"네? 하지만…."

"내가 개인적으로 주는 선물이야. 왜 세현만 주고 다른 사람은 안 주냐고 물으면, 그냥 내 마음이라고 해 두지. 나중에 그것 때문에 분쟁이 없었으면 해."

진미선은 그렇게 녹색 코어의 소유권을 확실하게 정해버렸다.

애초부터 세현에게 코어를 주려고 했다는 것을 누구나 알 수 있는 상황이었다.

하지만 그에 대해서 다른 대원들은 절대 불만을 드러낼 수가 없었다.

그 엄청난 폴리몬을 때려잡은 진미선에게 감히 누가 불만을 이야기할까.

"자, 그럼 이제 가자고. 일단 지유에선까지는 동행을 하기로 하지. 괜찮지?"

"무, 물론입니다. 도리어 영광입니다."

불만이나 거부를 하지 못하는 것은 세현도 마찬가지였다.

그렇게 팀 미래로와 진미선의 동행이 결정되었다.

지유에선에 도착하다

세현 일행은 진미선이라는 강력한 응원군과 함께 지유에선으로 향했다.

사실 지유에선으로 가기 위해서 지나가야 할 이면공간들은 대부분 파란색 등급 이상의 이면공간이었고, 몬스터들도 매우 강력했다.

물론 그 이면공간에는 그런 몬스터와 맞서고 있는 인간 종족이 있기도 했지만, 때론 이면공간 전체를 몬스터와 마가스, 폴리몬들이 차지하고 있는 경우도 있었다.

세현은 지유에선으로 가는 길이 에테르 기반 생명체들에게 점령당한 비율이 너무 높은 것이 아니냐고 투덜거렸다.

하지만 그에 대해서 진미선은 원래 이면공간 자체가 에테르 코어에서 만들어지는 것이니, 당연히 에테르 기반 생명체들에게 유리할 수밖에 없는 거라고 말했다.

"그래도 드디어 도착이야."

주영휘가 현필의 옆구리를 찌르며 말했다.

이제 이면공간 통로 하나만 지나면 지유에선에 도착하게 된다.

"중립 지대라면서 실제론 대부분이 전투 필드잖아. 까딱했으면 여기까지 못 올 뻔했지."

현필이 진땀이 난다는 듯이 소매로 이마를 닦는 시늉을 하며 주영휘의 말에 대꾸를 했다.

그의 말대로 이곳까지 도착하는데 팀 미래로는 제법 많은 전투를 치렀다.

"그래도 덕분에 주머니가 든든해졌잖아. 안 그래?"

주영휘가 현필에게 말하며 이번에는 이춘길의 옆구리까지 팔꿈치로 툭 쳤다.

"……."

이춘길은 그런 주영휘에게 고개만 끄덕여주곤 걸음을 옮겼다.

통로 앞에 세현과 진미선이 서서 일행들을 바라보고 있었다.

"이제 드디어 목적지인 지유에선에 도착하게 되었습니다. 아시겠지만 우리의 목표는 제 형인 진강현 천공기사를 찾는 것입니다. 그리고 그걸 위해서 투바투보에서 형과 함께했던 타모얀 종족, 그중에서도 대우 부족에 대해서 알아볼 필요가 있습니다. 지유에선에서 우리가 해야 할 일이 바로 그겁니다."

세현은 이면공간을 넘어가다 인간 종족을 만날 때마다 지유에선에 대해 물어봤지만 지유에선에 대한 정보가 의외로 많지 않다는 것을 새삼 느끼고 있었다.

뭔가 지유에선에 대한 정보를 의도적으로 차단하고 있는 것이 아닌가 하는 의심이 들 정도였다.

그에 대해서 세현이 진미선에게 물었을 때, 진미선은 '경험해 봐야 아는 것'이라며 말을 아꼈었다.

"자, 그럼 들어가 봅시다. 아시겠지만 이동 간에는 언제나 긴장을 늦추지 마시기 바랍니다."

세현은 팀 미래로에게 그렇게 경각심을 높여주고 곧바로 이면공간 통로로 들어갔다.

그 뒤를 진미선과 팀 미래로 대원들이 빠르게 따라갔다.

*　　　*　　　*

지유에선은 수많은 이면공간을 이어주는 교차로나 길목의 역할을 하는 곳이다.

하지만 다르게 말하면 그곳이 끊어지면 이면공간의 소통이 단절될 수 있는 특별한 위치에 있다는 말이 되기도 한다.

세현 일행이 지유에선에 도착했을 때, 처음 느낀 것은 지유에선에 에테르의 농도가 그리 짙지 않다는 것이었다.

"이 정도면 주황색 등급이나 노란색 등급의 이면공간 수준인데?"

"하지만 그렇게 보기엔 너무 넓지 않아? 저길 봐, 지평선 저 너머까지 끝이 안 보이잖아. 반대쪽도 그렇고."

에테르를 사용하게 되면서 강력해진 신체 능력을 지닌 대원들이었다.

그런 그들의 시야에 이면공간의 벽이 보이지 않는다는 것은 지유에선이 무척 넓다는 말이었다.

짝짝짝!

"자자, 드디어 지유에선에 도착했네? 사실 여기까지 오는 것이 그렇게 쉬운 일은 아닌데 말이지."

그때, 진미선이 손뼉을 쳐서 일행들의 시선을 모으고 말했다.

"일단 자격을 얻었으니까 설명을 해줄게. 지유에선은 아무나 드나들 수 있는 곳이 아니야. 사실 이면공간을 영역별로 구별해서 나눈다는 것은 공간의 문제만이 아니거든. 거기에는 시간이나 차원의 문제도 같이 들어 있어. 그래서 지유에선에서 자신들이 들어온 통로가 아닌 다른 통로로 들어가는 것은 무척 어려운 일이지. 그건 그만한 자격이 있어야 하는 일이거든."

"그래도 우리가 여기 도착했다는 것은 그 자격을 얻었다는 말이 아닙니까?"

세현이 진미선의 말에서 불안감을 느끼며 제발 아니기를 바라는 마음으로 물었다.

"음, 미안하지만 여기 도착한 것이 곧 다른 통로를 이용할 자격을 얻었다는 말은 아니야. 그건 전혀 다른 문제지."

하지만 진미선의 대답은 세현이 바라던 것과는 전혀 달랐다.

"그럼 이곳에서 다시 그 자격이란 것을 얻어야 한다는 겁니까?"

세현이 답답하다는 표정으로 진미선을 보며 물었다.

"그건 생각을 좀 해봐야 해. 나는 여러분이 다른 통로를 이용해야 할 필요는 없을 거라고 생각하고 있어. 왜냐하면 그 투바투보에 있었던 타모얀들이 지유에선에서 다른 통로를 이용할 자격을 얻었을 거란 생각이 들지 않거든. 그들의 수가 제법 되었다고 하는데, 많은 수가 한꺼번에 다른 지유에선의 통로를 이용하는 것은 상상하기 어렵거든."

"네? 그 말씀은 그러니까 그들이 지유에선의 다른 통로로 나가지 않았을 수도 있다는 겁니까?"

세현은 지금까지 예상하고 있던 것과는 전혀 다르게 전개되는 이야기에 당혹감을 느끼며 물었다.

"분쟁지역은 지유에선보다 훨씬 많이 있어. 그런데 그들이 굳이 지유에선의 통로를 이용해서 다른 이면공간 영역의 분쟁지역인 투바투보를 찾았다는 것은 말이 안 되는 이야기지. 거기다가 지유에선의 통로를 이용했다고 보기엔 그들의 능력이 많이 부족한 것 같더군. 내가 듣기로 그들의 능력이 당신들의 능력과 큰 차이가 없는 것 같았으니까 말이지."

"그 말씀은 지유에선의 통로를 이용할 수 없을 만큼 지금의 우리의 실력이 많이 떨어진다는 말씀입니까?"

"뭐, 딱 잘라 이야기하면 그렇지. 지유에선의 통로를 이용하려면 너희의 실력으로는 자격을 얻기 어려워."

진미선은 예외는 없다는 듯이 말했다.

"하지만 그들이 이곳으로 향했다는 것은 분명합니다. 투바투보에서 그들을 기억하는 이들은 모두가 그렇게 말했습니다."

세현은 투바투보에서의 정보 수집에 문제가 없었다고 진세현에게 항변했다.

"그들이 이곳에 왔다면 그 이유가 있겠지. 당신들은 그걸 알아보기 위해서 온 거 아니었나?"

진미선은 세현과 팀 미래로를 보며 그렇게 말했다.

"나는 당신들에게 줄 수 있는 최소한의 정보를 주겠다는 것뿐이야. 지유에션을 먼저 경험했던 경험자로서 말이지."

"허허, 그렇군요. 그런데 이곳은 굉장히 넓은 것 같은데 얼마나 넓은 겁니까?"

그때, 지금까지 조용히 이야기를 듣고만 있던 메콰스가 나서서 진미선에게 물었다.

당장 답을 얻을 수 없는 타모얀 종족이나 진강현에 대한 이야기보다는 지유에션 자체에 대한 이야기를 먼저 들어보자는 뜻이었다.

"지유에션은 대부분이 행성급이야. 그리고 이곳 역시 그 평균을 크게 벗어나지 않은 곳이지."

"굉장히 넓군요."

"그래. 그리고 또 한 가지, 지유에션의 모든 통로는 일방통행이야. 되돌아가려면 특별한 곳으로 가야 하지."

"네? 그게 무슨 말씀입니까? 일방통행이라니요?"

세현이 놀라서 묻는데 대원들 사이에서 소란이 일어났다.

"야, 통로 확인 되냐?"

"응? 어?! 통로가 없는데?"

"그러게, 방금 여기서 나왔는데 통로가 없어. 이게 어떻게 된 거지?"

"정말이네?"

세현 일행과 진미선이 들어왔던 이면공간 통로가 사라지고 없다는 것을 이제야 알게 된 것이었다.

"진정해. 당연한 일이니까."

"당연한 일이라고요?"

"맞아. 세현. 지유에션으로 들어오면 무작위로 지유에션 어딘가에 도착하게 돼. 그리고 되돌아가려면 지유에션의 이면공간 통로를 찾아야 해. 그것도 자신이 들어왔던 그 통로를 찾아야 하지."

"으음……."

세현이 심각한 표정을 지으면 신음 소리를 냈다.

행성 규모의 공간에서 이면공간 통로를 찾는 것은 쉬운 일이 아닐 거란 걱정 때문이었다.

"괜찮아. 이곳 지유에션에는 네 곳의 통로가 있고, 네 곳 모두 널리 알려져 있어. 더구나 당신들이 돌아갈 때 어떤 통로를 이용해야 하는지도 알고 있으니 문제없어."

하지만 진미선은 그런 세현의 걱정을 한결 덜어주었다.

"우리가 돌아가야 할 통로라면 어떤 곳입니까? 아니, 지유에선에 있는 네 곳의 통로는 어떤 곳입니까?"

"특별한 것은 없어. 동서남북, 네 방향에 하나씩 통로가 있고, 그 통로를 관리하는 이들이 있어. 당신들은 동쪽 통로를 이용할 수 있어. 그쪽에 속해 있는 사람들이니까."

"동쪽 통로가 지구가 속해 있는 영역과 통하는 곳이란 말이군요?"

"맞아."

"거긴 쉽게 통과가 되는 겁니까?"

"그래, 같은 영역에 속한 이들에겐 지유에선의 통로도 너그럽게 자리를 내어주지. 그곳을 관리하는 이들도 이동에 신경을 쓰지 않고."

"저기, 그런데 여긴 지유에선의 어디쯤 되는 겁니까?"

그때, 대원들 중에 하나가 진미선에게 자신들의 위치가 어디쯤인지 물었다.

"아, 그건 이제부터 당신들이 알아봐야 할 문제야. 나도 대충 짐작이 가기는 하는데, 원래 모험이란 건 스스로의 힘으로 해야 하는 거 아니겠어?"

하지만 진미선은 살짝 웃는 얼굴로 대답을 피했다.

"자자, 이제부터 당신들의 지유에선 탐험이 시작되는 거야. 나도 내 나름대로 볼일이 있어서 잠깐 자리를 비워야 하니 한동안 당신들의 힘으로 버텨봐. 다시 만날 수 있을 거야."

세현은 진미선의 말에서 그녀가 떠나려 한다는 사실을 알 수 있었다.

"잠깐, 진미선 님. 우리에게 도움이 될 조언은 더 이상 없는 겁니까?"

세현이 급하게 진미선을 부르며 물었다.

"이곳 지유에선은 무척 넓어. 그리고 지구가 포함된 영역과 비슷하거나 더 큰 영역 셋과 이어진 곳이지. 그런 곳에 얼마나 많은 이들이 얽혀 있겠어? 그러니 경거망동하지 말고 차분하게 행동을 해야 할 거야. 아, 참고로 이곳은 인간종족과 에테르 기반 생명체의 균형이 유지되는 곳이야. 그러니 폴리몬이나 마가스, 몬스터의 공격에도 신경을 써야 해."

진미선은 그렇게 말을 하고는 활짝 웃었다.

"그래도 걱정하지 마. 이곳 역시 사람들이 살아가는 곳이니까. 그럼 난 먼저 떠날게. 일을 마치면 내가 여러분을 찾을 테니까 오래지 않아서 다시 만나게 될 거야. 그때까지 무사하시길 빌겠어."

진미선은 그렇게 말을 하고는 살짝 발을 굴러서 몸을 허공으로 뽑아 올렸다.

"자, 잠깐!"

세현이 그런 진미선을 급히 불렀다.

하지만 진미선은 쏘아진 화살처럼 지평선 끝으로 순식간에 모습을 감췄다.

"허허허. 이건 생각도 못했던 결말이군요. 초인께서 저렇게 가버리실 거라곤 생각도 못했습니다."

메콰스가 진미선이 사라진 방향을 바라보며 허탈한 표정을 지었다.

사방을 둘러봐도 넓은 초원, 듬성듬성 키가 다른 풀들이 자라 있는 것을 제외하면 어딜 봐도 사방이 같은 풍경이었다.

"해가 지는 쪽이 서쪽이겠지?"

그때, 호올이 세현을 보며 물었다.

"그야 당연하… 설마, 그렇겠지."

당연하다고 말하려던 세현은 아닐 수도 있지 않을까 하는 생각을 하다가 고개를 저었다.

"참, 묘한 곳에 서 있는 것 같습니다. 태양을 기준으로 하지 않는다면 어딜 봐도 방향조차 짐작을 할 수조차 없는 곳이니 말입니다."

이춘길이 궁수 특유의 밝은 눈으로 사방을 훑어보며 말했다.

"그런데 대장님, 우리, 동쪽으로 가야 합니까?"

그때, 주영휘가 세현을 보며 물었다.

"그럴 필요는 없지. 우리는 동쪽 통로를 이용하지 않아도 되는 사람들이니까."

하지만 세현은 고개를 저었다.

어차피 마음만 먹으면 지구든 어디든 지금까지 거쳐 왔던 곳이라면 공간 이동이 가능했다.

그러니 굳이 동쪽 통로를 찾아서 움직일 이유가 없었다.

세현은 이미 '팥쥐'와 콩쥐를 통해서 지유에선에서도 지구까지 단체 공간 이동이 가능하다는 대답을 들어 놓은 상태였다.

"역시, 대장님이 최곱니다. 그럼 우린 굳이 헛수고 할 필요 없이 그냥 그 타모얀의 대우 부족을 찾으면 되는 거잖습니까?"

"그렇기는 하지. 뭐 진미선 씨의 이야기로는 이곳 지유에선에 들어오는 위치가 무작위로 설정이 된다고 했으니, 그때, 형과 대우 부족이 어디로 들어왔을지는 알 수가 없어. 그러니 이제부턴 일단 타모얀의 대우 부족에 대한 것부터 알아봐야겠지."

"그전에 일단 좀 쉬지. 우린 무리하게 움직였다. 지금까지."

세현의 말에 호올이 먼저 휴식을 할 것을 권했다.

세현은 그 의견을 받아들였고, 팀 미래로는 드넓은 초원에서 지유에선의 첫 밤을 보내게 되었다.

Chapter 5

지유에션에서 타모얀의 대우 부족을 수소문하다

인간은 문명이 발달하면 자연스럽게 무리를 지어 정착을 하게 된다.

그리고 그 무리들은 또 크거나 작거나 다른 무리와 소통을 하지 않을 수 없다.

그렇게 교류가 일어나게 되는 것이다.

또한 서로 교류를 하게 되면 자연스럽게 지도를 만들게 된다.

유목을 하는 이들은 그들이 키우는 가축을 데리고 이동하는 길을 지도에 표시한다.

사냥을 하는 이들은 사냥감이 있는 장소를 표시하고, 더 나아가서는 시기에 따라서 이동하는 사냥감을 기록하기도 한다.

그런 지도는 교류를 거치며 한 번도 다녀오지 않은 곳에 대해서 많은 것을 알게 해주는 아주 좋은 수단이 된다.

"그러니까 이게 이쪽 초원에 대한 지도란 겁니까?"

"그렇지. 그러니까 사."

"이게 정말 정확합니까?"

"그렇다니까. 그러니까 사."

"흠, 생각을 좀 해봐야 할 것 같군요."

세현은 자꾸만 지도를 사라고 권하는 작은 인간 종족의 우두머리를 앞에 두고 일단 보류를 결정했다.

지구의 미어캣을 닮은 이 이종족은 초원에서 지하에 굴집을 지어 놓고 사는 종족이었다.

생긴 것이 미어캣을 많이 닮았는데, 상체를 위로 아래로 움직이며 주변을 두리번거리는 동작을 자주 하는 것도 미어캣을 떠올리게 하는 종족이었다.

세현 일행은 그래서 이들은 미어캣 종족이라고 부르기로 결정한 상태였다.

물론 이면공간 통역 기능이 있어서 그들 종족의 이름을 알려주기는 했지만 특별한 의미가 있는 종족 명칭은 아니었는지 묘한 발음으로 번역이 되었다.

그래서 그렇게 부르느니 그냥 쉽게 이해할 수 있는 미어캣 종족이라고 부르기로 한 것이다.

세현 일행이 그들 미어캣 종족을 만난 것은 초원에서 하룻밤을 자고 이동을 시작해서 날이 저물기 전이었다.

야트막한 황토 언덕 위에 서서 주변을 살피는 미어캣 종족한 명을 발견하고 그 언덕으로 다가갔을 때, 이들 미어캣 종족이 우르르 몰려나왔다.

그들의 그들은 자신들의 키보다 약간 더 긴 창을 하나씩 들고 나왔는데 동굴에서 소지하기 편하게 하느라 그랬는지 삼단으로 분리가 되는 창이었다.

일행들이 언덕 아래에 도착했을 때, 우르르 몰려나온 미어캣종족은 세현 일행에게 다가오지 말라고 경고를 했고, 세현 일행은 그들의 경고에 따랐다.

그리고 세현이 나서서 미어캣 종족과 협상을 시작했다.

"이곳 '거대한 녹색 초원'에 대해선 이만큼 정확한 지도도 없어. 그러니까 사."

다시 한 번 미어캣 가족의 우두머리가 세현에게 지도를 살것을 권했다.

처음에는 꽤나 적대적이고 방어적인 태도를 보이더니, 세현일행이 다른 이면공간에서 왔다는 소리를 듣고는 곧바로 지도장사를 시작한 그녀였다.

미어캣 무리를 이끄는 우두머리는 여자였던 것이다.

"그렇게 정확한 것 같지는 않은데요? 봐요, 막상 여기 당신들이 사는 곳도 표시가 되어 있지 않잖습니까. 거기다가 여기 초원에 인간 종족이 당신들만 있는 것도 아닐 텐데, 그에 대한 기록도 없고 말입니다."

하지만 세현은 지도가 마음에 들지 않았다.

지도 위에는 특별한 등고선도 없이 빼곡하게 몬스터들의 출현에 대해서 기록이 되어 있었다.

그런데 막상 지금 세현 일행이 있는 위치를 물어도 빈 공간을 찍어줄 뿐이다.

그곳에는 아무것도 없는 여백이 있을 뿐이었다.

"지도는 그때그때, 새로 기록해야 하는 거지. 주인이 되면 거기에 우리 가족의 보금자리도 표시를 하면 되잖아. 우리가 우리 집을 지도에 표시할 이유가 어디 있어? 그럴 필요가 없어서 안 한 거야. 그러니까 사."

"그래도 다른 인간 종족에 대한 정보가 전혀 없는 건 이상하지 않습니까?"

"그들도 자신들의 거처가 알려지는 것을 별로 좋아하지 않을 거야. 그러니까 필요하면 너희가 찾아가서 물어봐. 지도 위에 그들의 보금자리를 표시해도 좋을지, 어떨지. 이 지도는 가장 기본에 충실한 지도인 거야. 그러니까 사."

세현은 흑진주처럼 박혀 있는 미어캣 우두머리의 눈동자를 쳐다보았다.

"기본적인 것만 있고, 나머지는 우리가 채워 넣으란 말입니까? 그럴 거면 지도를 뭐하러 삽니까? 그냥 지금부터 그려 나가고 말지."

세현은 미어캣 종족 우두머리를 보며 그렇게 말했다.

사실 지금 앞에 있는 지도 정도라면 어느 방향에 어떤 몬스터들이 있다는 기록 이외엔 얻을 것이 없었다.

"음. 그럼 종이 값만 주고 가지고 가. 거기다가 지도를 그리면 좋잖아. 그러니까 사."

싸게 주겠다는 말이다.

세현은 그런 미어캣 우두머리의 협상에 어쩔 수 없이 고개를 끄덕였다.

"좋습니다. 하지만 정말로 싼 가격이 아니면 안 살 겁니다."

"끼에에엑. 좋아, 잘 생각했어. 자, 빨간색 주얼 다섯 개, 아니면 주황색 주얼 하나야. 그러니까 주얼 주고 사."

세현 앞에 지도가 내밀어졌다.

세현은 지도를 받고 주황색 에테르 주얼 하나를 건네주었다.

"좋아, 우리 손님이야. 우린 손님을 아주 좋아해. 그러니까 언제든 사. 사면 우리하고 좋은 관계가 되는 거야. 그러니까 사."

미어캣 우두머리 여자는 유난히 돌출된 앞니를 반짝이며 웃었다.

그리고 그렇게 거래가 성사된 후에 팀 미래로 대원들 모두가 미어캣 가족의 집으로 들어가서 그들의 서비스를 받을 수 있었다.

마치 여관을 운영하듯이 미어캣 가족들은 팀 미래로의 대원들에게 서비스를 제공했다.

"처음이 어려워. 거래를 해야 하는 거야. 그래야 손님이 될 수 있어. 그러니까 다른 곳에서 우리 종족을 만나면 뭐라도 하나 사. 그래야 서로 이야기를 할 수 있어. 하지만 못된 일족들도 있어. 첫 거래에서 비싼 것만 내 놓은 녀석들. 그런 녀석들은 골치 아파. 그럴 때에는 아주 싼 걸 내놓으라고 해. 그 후에 사. 아니면 바가지를 쓰는 거야."

식사를 하고 팀원들이 제각각 객실을 배정받아 휴식에 들어간 후에 세현은 호올과 메콰스, 현필, 주영휘, 이춘길과 함께 따로 미어캣 종족과 어울렸다.

테이블 위에 올라온 술과 음료, 안주 같은 것은 미어캣들에게 정보를 듣기 위해 지불한 대가였다.

초원의 지도에 미어캣들의 황토 언덕이 일정한 간격으로 표시가 되기 시작했다.

세현 일행이 초원을 가로지르면서 미어캣 여관을 만날 때마다 표시를 한 흔적이었다.

실제로 미어캣들의 토굴집은 여관 용도로 만들어진 것은 아니었다.

다만 팔 수 있는 것은 뭐든 판다는 미어캣 종족의 신념에 따라서 그들의 집이라고 하더라도 손님을 위해서 제공하고 대가를 받는 것이었다.

다행스럽게도 미어캣들은 여유가 있을 때마다 그들의 집을 확장하고 보수하는데 열심을 다하기 때문에 어느 가족의 집이라도 남은 방이 넘쳤다.

팀 미래로는 초원을 가로질러 서쪽으로 향하는 중이었다.

동서남북 어느 쪽으로 가든 상관이 없겠지만, 동쪽에 있는 이면공간 통로는 귀향에나 쓰일 곳이라 그쪽은 제외하고 다른 세 곳을 두고 고민하다가 서쪽을 택했다.

사실 단순하게 방향을 정하기 쉽다는 이유로 정해진 행로였다.

해가 뜨는 반대쪽, 해가 지는 방향.

정오를 제외하면 언제나 방향을 찾는 것이 어렵지 않으니 서쪽을 택하기로 한 것이다.

팀 미래로는 초원을 지나는 동안에 많은 몬스터들을 만났고, 때로는 미어캣 종족의 의뢰를 받아서 그들에게 위협이 되는 몬스터들을 퇴치하기도 했다.

대부분이 파란색 등급 이하의 몬스터들이고 자주 보이는 것이 빨간색에서 노란색 등급까지의 몬스터라 팀 미래로에게 위협이 되는 일은 거의 없었다.

거기다가 세현의 앙켑스는 높은 확률로 주얼을 만들어 냈기 때문에 팀 미래로의 자금은 언제나 넉넉했다.

"서둘러 초원을 벗어나. 그래야 손해를 안 봐. 못 들었어? 한동안 초원에 비가 오지 않을 거야. 그렇게 되면 모두가 힘든 시기를 보내야 하지. 우리들은 괜찮아. 여기가 우리 고향이니까. 하지만 너흰 아니잖아. 초원을 벗어나면 건기를 피할 수 있어."

몬스터 토벌 의뢰가 끝난 후에, 팀 미래로에 신세를 진 미어캣 가족의 우두머리가 세현 일행에게 조언을 해줬다.

조만간 건기가 시작되면 초원이 말라붙고, 그렇게 되면 여행자들에게 힘든 시기가 온다는 것이다.

더불어 그때는 미어캣이 판매하는 모든 것이 몇 배는 비싸진다는 말도 했다.

"그래서 초원에서 간혹 보이던 여행자들이 요즘은 거의 보이지 않는 거였습니까?"

"그래. 초원을 조금이라도 아는 이들은 건기에는 초원을 피하지. 맞아."

"그렇군요. 감사합니다. 우리도 서둘러야겠군요."

세현은 몬스터 토벌에 대한 은혜 갚음으로 초원의 건기에 대해서 이야기해 준 우두머리에게 감사 인사를 했다.

그리고 서둘러서 서쪽으로 움직였다.

다행스럽게도 거의 초원의 외곽까지 나와 있던 상태라서 초원에 시작된 건기 때문에 팀 미래로가 입은 타격은 거의 없었다.

다만 아쉬운 것은 초원에서 만난 미어캣 가족들이나 간혹 마주쳤던 여행자 무리들에게 타모얀 종족 중에서 대우 부족에 대한 정보를 얻지 못했다는 것이었다.

"타모얀의 대우? 잘 모르겠는데?"

"타모얀이야 몇 있지. 가깝지는 않아도 그리 멀지 않은 곳에 사슴을 닮은 타모얀 부족이 있고, 저 남쪽으로 좀 멀리 가면 곰이나 고양이를 닮은 타모얀도 있어. 하지만 대우? 특이하게 생긴 소? 그쪽은 모르겠군."

"우리가 제법 이곳 지유에션을 떠돌았지만 그 부족에 대해선 잘 모르겠군."

"우리가 모른다면 그들이 이곳에 없거나 혹은 깊이 숨어 산다는 이야길 거야."

"음, 그렇지. 맞아."

"아니야. 생각해 보니까 어디선가 그런 부족에 대해서 들은 기억은 나. 아, 흥분하지는 마. 사실 그냥 그런 부족이 있다는 정도를 들었다는 거지. 그들이 어디 산다거나 하는 정보를 가진 것은 아니야. 아무튼 이곳 지유에션에 그 부족이 있는 것은 분명한 것 같아."

"역시 경력이 오래되니 그런 것도 아는군. 이 친구가 우리들 사이에선 제일 경력이 오래되기는 했지. 그런 의미에서 어때? 공연 한 번 더 볼 텐가?"

제각기 다른 종족으로 구성된 스무 명 남짓한 공연단이 세현을 보며 다시 한 번 공연을 하겠다고 나섰다.

하지만 세현은 부드럽게 사양하고 어느 정도 사례를 하고 물러났다.

지유에선에서 이곳저곳 떠돌며 산다는 그들은 지구로 치면 집시와 비슷한 성격의 무리였다.

다만 하나의 종족으로 이루어진 것이 아니라 여러 종족들이 뭉쳐서 각각의 특기를 살려서 공연을 하는 것이 하나의 혈통으로 이어지는 집시와는 또 달랐다.

"이거 정말 대우 부족이 있기는 한 걸까?"

호올이 세현 곁으로 다가와 말을 걸었다.

공연단과의 공식적인 접촉은 끝났지만 팀 미래로의 대원들 몇은 십여 미터 떨어진 곳에 자리를 잡은 공연단의 모닥불 곁을 함께 지키며 어울리고 있었다.

팀원들의 개인적인 사생활까지 막을 이유가 없고, 또 공연단에는 여성도 몇 있으니 눈이 맞으면 하룻밤 객고를 풀 수도 있으리란 생각에 그냥 두고 보는 세현이었다.

"진미선 씨가 그랬잖아. 그들이 다른 통로를 이용했을 가능성은 없다고. 그리고 대우 부족이 이곳 지유에선으로 향했다는 건, 투바투보에서 몇 번이나 확인을 했던 거고 말이야."

세현은 그러니 당연히 이곳 지유에선 어딘가에 형과 연관이 있는 대우 부족이 있을 거라고 믿었다.

"뭐 그거야 그렇지만."

호올은 성과가 없이 초원을 떠돌다가 이제는 숲으로 들어와 헤매고 있는 상황이 마음에 들지 않는 듯, 심기가 불편한 얼굴이었다.

"걱정하지 마라. 저 공연단이 다녀왔다는 도시로 가면 뭔가 더 많은 정보를 얻을 수 있을 거다."

"그래. 도시. 좋긴 한데, 거기까지 가는데도 보름은 걸린다는 것이 문제지."

"보름이 뭐? 초원을 지나는데도 두 달 가까이 걸렸는데. 그 정도면 금방이지. 더구나 이번에 얻은 지도는 미어캣의 지도보다는 훨씬 더 정교하다고."

"그게 얻은 거냐? 별로 볼 것도 없는 공연을 보고 들은 값으로 너무 과하게 대가를 치렀잖아. 그게 전부 그 지도하고 쓸모없는 정보를 들은 가격이잖아."

호올은 공연단의 공연이 별로 마음에 들지 않았던지 투덜거렸다.

세현도 그런 호올의 반응에 반쯤은 동감하는 입장이었다. 여러 종족으로 구성된 공연단의 공연은 볼거리가 많기는 했지만 호불호가 극명하게 갈리는 내용들이 많았다.

그래서 호올도 불만을 가진 것이다.

하나가 여럿이 되는 온스 종족은 많은 것을 배우고 익히며 경험하려는 본능을 가지고 있음에도 불구하고 감정이나 예술, 철학 같은 것에는 진척이 느렸다.

당연히 공연단의 공연에 대한 이해와 감상이 힘겨울 수밖에 없는 호올이었다.

"허허허, 이거 아주 재미있는 정보가 있습니다. 세현 님."

그때, 공연단의 모닥불 곁에서 함께하고 있던 메쾌스가 세현이 있는 곳으로 돌아오며 밝은 표정으로 말했다.

"재미있는 정보라니요?"

세현이 메쾌스를 반겨 자리를 내어주며 물었다.

"투바투보가 분쟁지역이지 않습니까."

"그렇지요."

"그리고 투바투보에 전사들이 가는 이유는 그곳에서 공적 점수를 얻어서 그 점수로 뭔가를 구하기 위해서고 말입니다."

"그런데요?"

"저기 공연단의 단장과 이야기를 하다 보니 이곳 지유에선에서 분쟁지역으로 가는 이유는 그리 많지 않다고 합니다. 아니, 거의 한 가지 경우에만 그렇다고 하는군요."

"한 가지 경우요?"

"그게 테멜 때문이랍니다."

"테멜? 그게 뭡니까? 테멜이라니요?"

세현은 처음 듣는 테멜이란 단어에 뭔가 있다는 느낌을 받았다.

코르소에 도착하다

이면공간은 어떻게 보면 굉장히 이해하기 어려운 면이 있는 공간이다.

현실 세계, 혹은 행성.

그 어느 쪽에도 속하지 않으면서 또 뒤집어지지 않는 동전의 뒷면처럼 존재하기는 반드시 존재하는 공간.

그것을 이면공간이라고 한다.

하지만 따지고 보면 그 이면공간은 본래부터 존재했던 것이 아니다.

없던 것이 만들어진 것.

에테르 코어에 의해서 생성되고 성장 발전하는 공간.

그것이 이면공간이다. 그런데 그런 이면공간이 본래는 행성을 공격하기 위한 에테르 기반 생명체들의 공격 루트였음을 아는 이들은 별로 없다.

이면공간이 아니라 행성의 여기저기에 숨겨진 공간을 만들어서 에테르 기반 생명체들을 만들어내고, 그렇게 모인 에테르 기반 생명체, 즉 몬스터들로 행성을 점령하는 것.

그것이 에테르 기반 생명체들이 아주 오래전부터 써 오던 침략 방법이었다.

그리고 그때, 사용하던 그 공간.

행성 여기저기에 만들어진 에테르 기반 생명체들의 둥지.

그것을 사람들은 테멜이라고 불렀다.

그 테멜은 크고 작은 출입구를 가지고 있는데, 일단 그 입구로 들어가게 되면 갖가지 형태의 공간을 만나게 된다.

대부분이 지하 미로 형태를 가지고 있지만, 어떤 경우에는 지금의 이면공간과 같은 모습일 때도 있었다.

어쨌거나 다양한 형태의 공간들이 있는 것은 분명하다.

에테르 기반 생명체들은 그렇게 테멜을 만들어서 행성을 하나씩 공략했었다.

하지만 그것은 아주 오래전의 이야기.

이제는 이면공간이라는 조금 더 개선된 방법을 쓰고 있어서 테멜은 만들지 않았다.

그런데 그 테멜이라는 것에 흥미를 느끼고 또 필요성을 느낀 이들이 있었다.

외부의 간섭을 받지 않고 살고 싶은 가족이나 부족 단위의 사람들이 테멜을 만들어 그 안으로 숨어 들어간 것이다.

입구가 손바닥보다 작은 경우도 있고, 때로는 팬던트 같은 작은 크기에 입구를 만들어서 가지고 다닐 수도 있는 테멜은 꽤나 쓰임이 도구였다.

"그러니까 이곳 지유에선에 그런 테멜이 있다는 겁니까?"

"그렇다고 하더군요. 그리고 그 테멜에 문제가 생기면 그것을 해결하기 위해서 분쟁지역에서 공적점수로 구할 수 있는 테멜의 정수가 필요한 모양입니다."

"테멜에 문제가 생기면 그걸 고칠 테멜의 정수가 필요하고 그건 분쟁지역에서만 구할 수 있다는 거군요?"

"다른 방법이 있는지는 모르지만, 가장 가능성이 높고 빠른
방법이 분쟁지역에서 공적점수를 모아서 그걸 사는 방법이라고
하더군요."

"결국 메콰스 님 말씀은 대우 부족이 굳이 분쟁지역까지 가
서 뭔가를 했다면 가능성이 높은 것은 그 테멜의 정수를 구하
기 위한 것이었을 거란 말이지요?"

"허허허. 저 공연단장의 이야기로는 그런 이유 말고는 굳이
분쟁지역을 찾을 이유는 거의 없다고 합니다. 거기다가 자유에
선 곳곳을 누비고 다니는 공연단이 알지 못하는 부족이라면
그들이 테멜 안에서 살고 있을 가능성이 높다고 하더군요."

"테멜이라니. 그렇게 숨어 산다면 그들을 찾을 방법이 없다
고 봐야 하지 않습니까. 운에 맡기지 않는 이상은 말입니다."

세현은 꽤나 낙담한 표정을 지었다.

"허허, 그래도 희망을 가지십시오. 조금씩이라도 정보가 모이
고 있지 않습니까. 이제 테멜에 대해서 조사를 더 해보고, 그
테멜 중에서 타모얀의 대우 부족이 살고 있는 곳에 대해서 알
아보면 되지 않겠습니까."

메콰스는 실망한 표정의 세현을 달랬다.

세현도 메콰스의 말이 옳다는 것을 알았다.

뭔가 꽉 막힌 것 같으면서도 어떻게든 조사를 하다 보면 조
금씩 실마리가 나오고 있었다.

오늘은 테멜에 관해서 알게 되지 않았는가.

"그런데 그 테멜에 대해선 왜 지금까지 들어보질 못한 거죠?"

세현이 메콰스를 보며 물었다.

"허허, 그게 이쪽에선 나타나지 않았던 거라 그런 거랍니다."

"이쪽이라면 어딜 말씀하시는 겁니까?"

"그러니까 세현 님의 고향인 지구와 또 지금까지 만났던 이종족들의 행성이 포함되어 있는 이쪽 말입니다. 지유에선 동쪽 이동 통로와 연결된 이면공간이 있는 곳이지요."

"그러니까 그쪽으로는 테멜이라는 것이 전파가 되지 않았다는 말이네요?"

"듣자니 테멜이라고 하는 것은 아주 오래전에 에테르 기반 생명체들이 침략의 방법으로 사용하던 것이랍니다. 그런데 그게 발각이 쉽게 된다는 단점이 있어 이면공간이란 방법으로 바꿨다고 하더군요. 그리고 그 후로 이면공간의 장점들이 크게 부각이 되면서 결국 테멜은 사장되게 된 것이지요."

"그런데도 지금까지 테멜이 남아 있다면 장점도 있는 거 아닙니까?"

"허허허. 그렇지요. 생각해 보시면 그 장점이 쉽게 떠오르지 않습니까?"

메콰스가 세현을 보며 물었다.

그리고 세현은 확실히 테멜이 지닌 장점을 몇 가지 떠올릴 수 있었다.

"일단 행성에 속해 있으니 조금 더 안전할 것 같기도 하고, 이면공간 통로들을 통해 침입자가 들어올 일도 없고, 테멜 입구가 아니라면 행성에서 그곳으로 들어가는 것도 어려울 것 같고, 무엇보다 그 입구가 이동 가능하다면 더없이 좋을 것 같군요."

세현은 그중에서도 테멜의 입구가 작아서 이동 가능한 경우가 있다는 말에 혹해 있었다.

"허허허, 맞습니다. 그런 장점들 때문에 테멜은 꽤나 높은 가격에 거래가 되는 물품이기도 하답니다."

"거래요?"

"이동 가능한 것은 또 굉장히 비싸게 거래가 된다고 하더군요."

세현은 무슨 말인지 충분히 이해를 할 수 있었다.

당장 세현, 자신도 그 테멜이란 것이 있다면 하나쯤 가지고 싶다는 생각이 들 정도였다.

"그거 이면공간을 개인적으로 소유하는 것과 같은 거네요. 거기다가 들고 다닐 수 있으니까 언제든 드나들 수도 있고, 창고 같은 것으로 쓸 수도 있고 말이죠."

"그렇지요. 맞습니다. 하지만 따지고 보면 세현 님에게는 별로 큰 의미는 없는 것이기도 합니다. 세현 님에겐 미래 필드라는 곳이 있지 않습니까."

"음, 미래 필드로 언제든 오갈 수 있으니 테멜이 그다지 효용성이 없다는 말씀입니까?"

"안 그렇습니까?"

메콰스가 세현에게 오히려 되물었다.

하지만 세현은 테멜이란 것을 가질 수 있다면 무척 활용도가 높을 거란 생각을 했다.

언제든 이용할 수 있는 나만의 이면공간이라니.

"좋군요. 이번에 도시에 도착하면 일단 테멜에 대해서 알아보죠. 타모얀의 대우 부족이 테멜에서 거주하고 있을 확률이 높다면 당연히 그렇게 해야죠."

"허허, 물론 테멜이란 것을 구할 수 있다면 구하고 싶기도 하시겠지요?"

"뭐, 그야……."

아니라곤 할 수 없는 세현이었다.

*   *   *

공연단에게 뜻하지 않게 그럴싸한 정보를 얻은 이후, 팀 미래로는 빠르게 도시를 향해 움직였다.

초원을 벗어나면서 점차 울창해지기 시작하는 숲, 거기에 따라서 더욱더 풍성해진 생명들과 그 생명들을 못마땅하게 여기는 에테르 기반 생명체들.

몬스터들은 초원에 비해서 훨씬 더 많아지고, 또 강력해졌다.

하지만 그에 비례해서 인간 종족들의 수도 많았다.

어떻게든 균형은 맞춰지고 있는 곳이 지유에선이란 생각을 다시 한 번 하게 되는 일행들이었다.

숲을 지나는 동안에 사슴을 닮은 타모얀 종족을 비롯해서 몇몇 이종족을 만났지만, 타모얀의 대우 부족에 대해선 새로운 정보가 없었다.

결국 팀 미래로는 별다른 성과 없이 지도에 도시라고 표시되어 있는 곳에 도착했다.

"확실히 인간들의 문명은 비슷비슷한 것 같아. 특별한 이종족들을 제외하면 대부분이 저런 식으로 건물을 지어 올려."

호올이 멀리 보이는 도시에 대한 첫 감상을 그렇게 표현했다.

저 아래, 산 밑으로 펼쳐진 평지에 거대한 성이 자리를 잡고 있었다.

성벽은 하나의 외성과 안쪽으로 두 겹의 내성이 있었는데, 안쪽으로 갈수록 성벽은 높고 두꺼웠다.

그리고 제일 외곽의 외성 밖으로는 잘 정돈되어 있는 경작지의 모습이 보였다.

"역시 중심 도시라 그런지 사람들이 많이 드나드네."

세현이 동서남북 네 방향으로 정리 되어 있는 도로와 그 도로를 통해서 성문으로 드나드는 사람들을 살피며 말했다.

그동안 팀 미래로도 길 위에서 마주친 이종족들이 적지 않았다. 여행보다는 대부분 거래를 위해서 수레를 끌고 이동하는 이들이 많았고, 때론 전문적으로 몬스터를 사냥하기 위한 사냥팀들도 있었다.

하지만 그렇게 만났던 이들을 모두 합쳐도 지금 저 성으로 드나드는 이들보다는 적을 것 같았다.

"대장님, 아무래도 이상하지 않습니까? 저 도시가 아무리 이 지역의 중심 도시라고 하더라도, 저건 유동 인구가 너무 많은 거 아닙니까?"

현필이 세현 곁으로 다가오며 말했다.

"확실히 그렇기는 하지. 저기 저 성에 몇 명이 살고 있는지는 모르지만, 지금 길 위를 오가는 이들의 숫자만 어림잡아 만 명은 넘을 것 같은데?"

주영휘 역시 유동인구가 너무 많다는 생각을 하는지 현필의 말을 거들었다.

"그래도 괜찮을 거야. 큰 문제는 없을 거야."

하지만 세현은 별문제 없을 거라고 생각했다.

"확실히 그렇긴 합니다."

거기에 이춘길도 동의했다.

"아니, 뭔 소리야? 왜 그런 결론이 나오는 거야?"

주영휘가 이춘길을 보며 따지듯이 물었다.

주영휘가 그나마 말을 높이는 사람은 세현과 메콰스뿐이었다.

"잘 봐. 저기 오가는 사람들 중에는 아이들도 많아. 거기다가 아이들이고 어른들이고 얼굴 표정이 밝아. 그렇다면 지금 저 인파가 몰리는 것이 문제가 있기 때문은 아니란 소리겠지."

이춘길이 주영휘와 현필을 보며 말했고, 그 말은 다른 대원들 역시 들을 수 있었다.

"우와, 여기서 사람들 표정이 보여? 그게 가능해?"

"몰라. 보이나보지. 그런데 그걸 우리 대장도 봤다는 거잖아. 이춘길 대원이야 뭐 활을 쏘는 사람이라 시력이 좋다고 하지만, 대장은?"

"짜식, 대장 실력이 우리하고 같으냐? 사실 대장이 나서지 않아서 그렇지 앞에서 칼하고 방패 들고 싸워도 우리보단 훨씬 나은 실력자야. 당연히 신체 능력도 좋겠지."

"그런가? 워낙 대장님이 뒤쪽에서 마법만 쓰고 그래서 가끔 잊게 된다니까?"

"허허허. 이야기를 들어보니 뭔가 축제 같은 것이 있지 않을까 기대가 되는군요. 그러고 보니 공연단의 단장이 아쉬워했던 기억이 납니다. 때를 못 맞춰서 도시를 떠날 수밖에 없었다고 했지요. 그들은 한곳에 일정 기간 이상은 머물지 않으니까 말입니다."

메콰스가 그런 말로 일행들 모두의 기대를 잔뜩 끌어 올렸다.

"축제라… 그럼 어디 한번 가 볼까요?"

세현이 메콰스에게 그렇게 말을 하고는 팀 미래로를 선도하며 내리막길로 접어들었다.

＊　　　＊　　　＊

코르소의 동쪽 성문 앞은 북새통을 이루고 있었다.

그것은 동문뿐만이 아니라 다른 세 곳의 성문도 마찬가지였다.

코르소의 축제가 며칠 앞으로 다가온 때문에 코르소를 찾는 이들의 수가 몇 배로 늘어난 까닭이었다.

코르소의 축제는 정확하게 정해진 날짜가 없이, 어느 즈음에 한다는 것만 있었다.

사실 축제의 시작은 코르소의 특산물인 레드 베리의 수확이 마무리되는 다음날부터였다.

그러니 정확하게 날짜를 정할 수가 없는 것이다.

어느 해에는 조금 빠르게, 또 어떤 해에는 조금 느리게 레드 베리가 여물었다.

그럼 그 시기에 맞춰서 수확을 하고, 수확이 끝났음을 선언한 다음날부터 나흘 동안 축제가 진행된다.

그 축제 기간 동안에 레드 베리의 분배와 판매가 이루어지는데 그동안에 고생한 주민들에게 코르소의 유지들이 한턱을 내는 것이 축제의 핵심이었다.

그 기간에는 도시 전체에서 먹고 마시는 것이 거의 공짜나 다름이 없었다.

그래서 이즈음에는 코르소에 드나드는 이들의 수가 급증하는 것이다.

물론 그런 사람들 중에는 코르소의 특산물 레드 베리를 구해가기 위해서 몸이 달아 있는 상인들도 많았다.

"어이, 거기. 잠깐만 기다려라. 검문이다."

코르소의 동문에서 좀처럼 없던 일이 일어났다.

성문의 경비들이 나서서 한 무리의 사람들을 검문하겠다고 한 것이다.

"뭐야? 왜 우리만 그러는 건데?"

검문을 하겠다는 소리에 주영휘가 못마땅한 표정으로 투덜거렸다.

이례적인 검문의 대상은 팀 미래로였던 것이다.

코르소에 들어가다

세현이 손을 들어 대원들을 진정시키며 성문 경비를 맞이했다.

팀 미래로의 대원들은 성문을 오가는 사람들에게 방해가 되지 않도록 왼쪽의 작은 공터로 이끌려갔다.

"너희는 어디서 왔지?"

성문 경비가 세현 일행을 노려보며 물었다.

공터 외곽에는 열 명 남짓한 경비대원들이 창과 방패를 들고

서 있었다.

아직까지 무기를 직접 겨누지 않는 것을 보고 세현은 그나마 안도의 한숨을 내쉬었다.

"우리는 이곳 지유에선에 도착한 지 두 달이 조금 넘은 여행자들이다. 초원에 도착해서 서쪽으로 줄곧 이동하다가 이 도시까지 오게 되었다."

"음? 외부인? 지유에선 사람이 아니라고?"

"역시! 그럴 것 같았어. 도대체 이런 곳에 탈 것이나 수레도 하나 없이 돌아다니는 무리가 있다는 것이 말이 되나?"

"사냥꾼들도 부산물을 싣기 위해서 수레라도 끌고 다니는데, 저렇게 몸뚱이만 가지고 돌아다니는 것이 이상하기는 했지. 그런데 어떻게 하지?"

"어떻게 하긴 뭘 어떻게 해? 위험한 자들은 아닌 것 같으니까 그냥 통과시켜야지. 축제 때의 코르소는 관대하다고."

"그렇지만 말썽이라도 일으키면 어떻게 해?"

"그야 당연히 경고를 해야지. 우리 코르소는 축제 때에 치안이 훨씬 강화된다는 걸 말이야. 거기다가 축제에 악영향을 주는 일을 벌이게 되면 그 형량이 평소보다 몇 배는 더 가중된다는 것을 알려주면 말썽 따위는 일으키지 않을 거야."

"그래, 그럼 그렇게 하자고."

다른 경비들보다 투구의 장식이 다른 두 명의 병사가 의견 조율을 했다.

하지만 목소리를 낮추기는커녕 도리어 높였기 때문에 세현 일행은 그것이 일종의 경고임을 알 수 있었다.

"어이, 다들 들었지?"

"들었으면 들어들 가 봐. 뭐 신분 조회 따위를 할 수 있는 것도 아니니까 그냥 들어가면 될 거야. 그런데 먹고 마시는 것은 싸지만 다른 것들은 평소보다 비싼데 괜찮을지 모르겠군."

둘이 떠들면서 분위기를 만들던 성문 경비대의 간부들이 세현 일행을 보며 말했다.

"걱정 없을 거다. 노숙을 오래하다 보니 꼴이 이렇게 누추하지만 이건 알차거든."

세현이 허리에 매고 있던 가죽 주머니를 들어서 흔들었다.

일부러 준비하고 있던 에테르 주얼이 들어 있는 주머니였다.

"오호? 그래? 그럼 다행이지. 뭐 열심히 써주면 좋지. 그게 전부 우리 도시민들의 수입이 될 테니까 말이야. 아, 그런데 여관을 잡는 것은 무척 어려울 거야. 이 시기의 코르소엔 빈 방이 없을 테니까 말이야."

"대신에 대문이나 현관문에 노란색 깃발을 꽂아 놓은 집에서 민박을 받으니까 그걸 이용해 봐. 너희 인원이 많으니까 좀 큰 집을 찾아야겠지만. 잘 찾아보면 그런 집들이 제법 있을 거야."

세현이 흔드는 주머니에서 주얼들이 부딪히는 소리를 듣고는 병사들이 활짝 웃으며 말했다.

겉으로는 초라해 보이는 이들이 의외로 실속이 있는 이들일지도 모른다는 생각을 한 것이다.

"고맙군. 그럼 들어가 봐도 되나?"

세현이 확인하듯이 물었다.

"그래. 어이, 이 친구들 들여보내. 또다시 줄을 서서 기다리게 할 수는 없잖아?"

세현의 물음에 간부 하나가 병사들에게 소리를 질렀고, 병사들 중에 하나가 세현 일행을 이끌고 성문으로 가서 성문 안으로 들어가는 행렬에 끼워 넣어주었다.

세현 일행은 별 의미도 없는 성문 검색에서 그나마 노란색 깃발이라는 쓸 만한 정보를 하나 얻어서 코르소로 들어섰다.

인파에 휩쓸려 팀 미래로는 점차 코르소의 두 번째 성벽으로 다가갔다.

하지만 두 번째 성문이 거의 보일 때가 되었을 때에는 어느 정도 사람들의 수가 줄어서 팀 미래로가 한쪽에 무리를 지어 서 있어도 통행에 방해가 되지 않았다.

"저기 성문은 검색이 심한 모양인데요? 저기까지 갑니까?"

주영휘가 두 번째 성문을 보며 세현에게 물었다.

"보아하니 아무나 드나들 수 있는 성문은 아닌 것 같은데?"

세현이 그렇게 말을 하는 순간, 성문에서는 병사들의 창대에 두드려 맞고 물러서는 사람들의 모습이 보였다.

"음, 우린 저기 못 지나갈 것 같다."

호올이 그 모습을 보며 단정지어 말했다.

"나도 그렇게 생각한다. 우리가 저길 지나가려면 이 흙먼지부터 씻어 내야 할 것 같다."

세현은 그렇게 말하고 일행들을 이끌고 다시 코르소의 외성 거리로 들어갔다.

먹고 마시는 것을 거의 무상으로 풀어 놓은 코르소지만 대신에 숙박비가 굉장히 비쌌다.

거기다가 음료가 제공되지만 그것은 과일 주스나 차(茶)에만 해당할 뿐, 주류는 반대로 가격이 급등해 있었다.

"이거 완전히 관광지 성수기 바가지요금이네?"

"뭐, 바가지라도 별 상관없잖아? 에테르 주얼의 가치가 그만큼 높게 책정이 되는 곳이니까 말이야."

"하긴 그것도 그러네. 이전까지 미어캣이나 다른 여행자들이 책정했던 가치보다, 여기 코르소에서 매기는 가격이 훨씬 높아."

"그러니까 우리야 뭐, 별로 손해 본다는 느낌이 안 드는 거지. 솔직히 이런 별채 하나를 통으로 빌려 쓸 수 있으면 조금 과한 요금도 지금으로선 충분히 감수할 수 있다고."

"야야, 그게 문제냐? 수발을 들어줄 고용인들도 있잖아. 무려 메이드라고, 메이드!"

"지랄, 메이드는 무슨. 그냥 집안일을 도와주는 도우미야, 도

우미. 뭐, 그래도 우리와 비슷하게 생긴 이종족이란 건 그나마 위안이 되긴 하지."

"그건 그러네. 개구리나 거미 인간 같은 이종족이었으면 조금 난감했겠지. 어쨌거나 불편했을 거다."

팀 미래로의 대원들은 코스소의 외성 한쪽에 자리 잡은 저택 지역에서 노란색 깃발을 꽂은 거처를 발견했고, 얻을 수 있었다.

그 저택 구역은 코르소에서 돈 좀 있다는 부자들이 모여 사는 지역이었다.

원래는 내성에 몰려 있던 이들이 언제부턴가 좀 더 넓고 큰 저택을 원하면서 외성 안쪽에 숲이 있던 언덕을 파고들어 저택 지구를 만들었다.

세현 일행은 운이 좋게도 그곳들 중에 한 곳에 자리를 잡게 된 것이다.

"고맙습니다. 이렇게 쉴 곳을 제공해 주셔서."

그 시간 세현은 저택의 본관에서 집주인을 만나는 중이었다.

"고마운 것이야 이쪽이지요. 사실 깃발을 달면서도 요금이 과하여 찾는 이가 있을까 싶었습니다."

지유에션에서는 처음 보는 정장 차림의 집주인이 손을 저으며 겸양을 보였다.

모직으로 보이는 천으로 만든 감색 옷이 무척 잘 어울리는 그는 세현도 예전에 본 적이 있는 이종족으로 코가 머리 뒤에 달려 있는 무비족이었다.

"하하, 그렇습니까? 그럼 서로에게 이익이 되었으니 좋은 일이군요."

"그렇게 여기시면 다행이지요. 그런데 이곳 분이 아니시라고요?"

집주인은 세현 일행에 대한 궁금증을 감추지 않고 물었다.

"멀리서부터 지유에션을 찾아왔습니다. 그 사이에 지나친 이면공간만 수십 개에 이르지요. 분쟁지역인 투바투보에도 한동안 있었고 말입니다."

"오호라. 투바투보. 알겠습니다. 그러니까 동쪽 지역에서 오신 분이시군요?"

"네, 그렇습니다."

세현은 집주인의 말을 듣고서야 이곳 지유에션에서 갈 수 있는 분쟁지역이 투바투보 이외에도 여럿 있을 수 있다는 사실을 깨달았다.

동서남북 네 방향으로 이면공간 영역이 나눠져 있다고 하면, 그곳에 하나씩만 분쟁지역이 있어도 지유에션에선 모두 네 곳의 분쟁지역을 갈 수 있는 것이다.

"동쪽이라, 그곳은 다른 지역과 비교하면 이제 겨우 발돋움을 하는 지역이라지요?"

"네? 그게 무슨?"

"아, 기분 상하실 이야긴 아닙니다. 사실 이면공간이란 것이 무한하게 늘어날 수 있는 것은 아니지 않습니까. 그러니 한계에 닿으면 정체가 되게 마련이지요. 다른 세 곳은 이미 오래전에 정체가 왔는데, 동쪽 영역은 아직도 활발하게 개척이 이루어지고 있다고 들었습니다."

"아, 그렇습니까? 하지만 그곳에서만 살던 저로선 실감을 할 수가 없군요. 다른 영역에 대해서 아는 것이 없으니 말입니다."

"아, 그야 그렇겠습니다. 하지만 이거 하나는 확실합니다. 손님께서 오신 그쪽이 다른 세 곳에 비해서 발전 가능성이 훨씬 높다는 거지요. 어떤 일이 되었건 어느 정도 한계에 닿으면 급격한 변혁이 일어나지 않는 이상은 정체되게 마련이거든요."

"그렇긴 하지요. 그러고 보면 제 고향인 지구는 겨우 이십 년 만에 정말 극적인 변화를 맞이하고 있으니 동쪽 구역이라고 하는 그쪽이 신생 지역이라는 말씀은 맞는 것 같습니다."

"오호? 겨우 이십 년이란 말입니까? 이면공간이 나타난 것이?"

저택의 주인이 깜짝 놀라서 눈이 커졌다.

이면공간이 나타난지 겨우 이십 년인데 벌써 지유에선을 찾아왔다니 놀라는 것이다.

물론 각 행성마다 년을 구별하는 시간 단위가 다르니 어느 행성의 1년이 다른 행성의 3년이 될 수도 있다.

하지만 이면공간의 통역 기능은 그것을 감안해서 지구의 20

년을 저택의 주인이 알아듣도록 번역을 해준다.

그런 것이 없었다면 수많은 이종족들을 마주치는 이면공간에서 엄청난 분쟁이 있었을 것이다.

의사소통이 되지 않으면 분쟁은 당연히 따라오게 마련이다.

"따지고 보면 동쪽 지역에서도 가장 최근에 위기를 맞은 곳이, 제 고향인 지구입니다."

"음. 그렇군요. 확실히 그렇겠습니다. 그런데 그렇게 생각하면 여러분들이 이곳에 계시는 것은 좀 이상하군요. 여러분 정도의 전력이 이런 곳을 돌아다닌다니 말입니다."

물어보는 집주인의 눈빛이 차갑게 가라앉았다.

그것은 마치 고향을 버리고 제 살길을 찾아 도망친 배신자들을 보는 시선과 같았다.

"어쩔 수 없는 이유가 있습니다. 지구에서 최초로 이면공간을 발견하고 또 이후로 이면공간의 몬스터들과 맞설 수 있는 기틀을 마련한 사람이 실종되었습니다."

"음? 그러니까 말하자면 그 지구란 곳의 영웅이 실종이 되었단 말이구려?"

"맞습니다. 때문에 우리는 그 사람을 찾기 위해서 이면공간을 탐함하기 시작했고, 이리저리 단서를 찾다가 투바투보에서 극적으로 그 사람이 지유에선으로 향했다는 정보를 얻었습니다."

"오호? 그래서 여기까지 왔다는 이야기구려?"

"그분은 개인적인 무력을 떠나서 지구인들의 사기를 고양시킬 수 있는 분입니다. 방금 말씀하신 것처럼 영웅이라고 해도 과언이 아니지요."

"그래서 그 사람을 찾아야 한다는 말인데, 이상하군요. 동쪽 지역에서 온 손님에 대한 이야기는 들어본 적이 없으니 말입니다."

"이곳 코르소에 오는 길에 공연단을 만났는데 그들도 우리가 찾고 있는 타모얀의 대우 부족을 잘 모른다고 하더군요."

"으음, 타모얀의 대우 부족이라고요?"

세현은 그저 지나가는 말로 타모얀의 대우 부족을 들먹였는데 집주인인 무비족의 안색이 갑자기 어두워졌다.

"혹시 아시는 것이 있습니까?"

세현은 그 변화를 놓치지 않았다.

"그것 참, 뭐라고 해야 할까 모르겠습니다. 사실 정확한 것은 아니지만 몇 년 전에 타모얀의 대우 부족에 대한 뜬소문이 잠깐 있었습니다."

"뜬소문이라니요?"

"타모얀 중에서 대우 부족에게 테멜이 있다는 이야기였지요. 아니, 그들이 테멜에 살고 있다는 말이었습니다."

"아! 역시!"

"손님께선 뭔가 아시는 것이 있습니까?"

세현의 반응이 생각과는 달랐는지 무비족 집주인이 물었다.

"아, 우리가 여러 추측을 한 끝에 타모얀의 대우 부족이 테멜을 고치기 위해서 투바투보에 전사들을 보냈을 거란 결론을 내렸습니다. 그리고 그 전사들과 함께 그분이 이곳 지유에선으로 왔고 말입니다. 사실 지유에선에서 분쟁지역으로 갈만한 이유가 테멜의 문제를 해결하기 위해서 태멜의 정수을 구입하는 것 이외에는 없을 거라고 생각했습니다."

 "그렇군요. 확실히 그런 결론을 낼 만합니다. 음 그럼 그 대우 부족에 대한 뜬소문 역시 사실일 가능성이 있겠군요."

 "그게 뭔지 모르지만 알려주시겠습니까? 대우 부족에 대한 뜬소문이란 것 말입니다."

 세현이 집주인을 뚫어져라 바라보며 말했다.

Chapter 6

코르소에 타모얀의 대우 부족이 나타나다

결론부터 말하자면 테멜이 문제였다.

테멜은 독립된 공간이었다.

이면공간처럼 현실과는 분리되어 존재하는 공간으로 아직까지도 테멜을 인공적으로 만들어내는 방법은 찾지 못하고 있다고 했다.

테멜은 그 기원이 에테르 기반 생명체들의 침략 도구였기에 그것 역시 에테르 코어가 핵으로 존재하고 있는 것은 이면공간과 같았다.

이런 테멜은 그 규모에 따라서 등급을 구별하는 것이 보편적인 분류 방법인데, 그보다 더 근본적인 분류가 먼저 이루어진다고 했다.

테멜을 사용하는 이들에겐 그 근본적인 분류가 가장 중요했다.

테멜의 입구의 이동이 가능한 것인가, 아닌가의 차이.

그것이 제일 중요한 문제였던 것이다.

예를 들어서 작은 펜던트에 테멜의 입구가 있다면 그 테멜은 누군가의 목에 걸리거나 주머니에 들어 있는 상태로 어디든 이동이 가능했다.

하지만 특정한 매개체가 없이 테멜 입구가 존재한다면 그것은 이동이 불가능했다.

그래서 테멜을 구분하는 가장 기본적인 구분은 이동형인가 고정형인가 하는 것이었다.

"그래서 문제가 된 겁니다. 타모얀의 대우 부족이 가지고 있는 테멜이 바로 그 이동형 테멜이었던 것이지요. 거기다가 그 테멜의 등급이 아주 높아서 이면공간으로 치면 남색 등급 수준이었지요."

"남색 등급이면 대륙 수준의 공간이 있다는 겁니까?"

"맞습니다. 대우 부족이 살기에는 차고 넘치는 공간이지요."

"그래서 그것을 빼앗기 위해서 싸움이 벌어진 겁니까?"

"원래 테멜 입구는 잘 감추어져 있기 때문에 찾기가 어렵습니다. 더구나 이동형의 경우에는 소유자가 입구를 여닫는 것이 가능하기 때문에 평소에는 절대 찾을 수가 없지요."

"그런데 어떻게 문제가 된 겁니까?"

"그게 소문이기는 하지만, 그 테멜에 문제가 생겨서 입구가 무작위로 드러났다가 사라졌다고 하는 일이 생겼다고 합니다."

"으음. 그러니까 결국 테멜에 문제가 있어서, 다른 사람들이 그것의 존재를 알게 되었다는 거군요. 그리고 당연히 그것을 빼앗으려 했을 거고 말입니다."

"바로 그겁니다. 그런 일이 벌어지고 있다는 소문이 있었습니다. 하지만 그게 그리 정확한 것은 아니어서 뜬소문이란 말이 나왔지요."

"정확하게 어떤 일이 벌어졌는지는 모른다는 말씀입니까?"

"그렇지요. 한동안 테멜이라는 보물을 놓고 쟁탈전이 벌어지고 있다는 소문이 무성하더니, 어느 순간부터 그런 이야기가 완전히 사라졌습니다. 누군가는 테멜의 입구를 이루고 있던 매개체가 파괴되어서 그런 거라는 이야기도 했습니다만."

"테멜 입구를 가진 매개체가 파괴되는 일도 있습니까? 그럼 어떻게 되는 겁니까?"

세현은 테멜의 입구가 사라지는 경우에 테멜 자체가 무너지는 것은 아닌가 걱정이 되어 물었다.

"시간이 좀 걸리겠지만 테멜의 입구를 가진 매개체는 다시 복구가 됩니다. 그 매개체는 본래부터 테멜의 근원인 에테르 코어에 의해서 만들어진 것이니까요. 다만 테멜 안에서 외부에 간섭하는 것이 쉽지 않은 일이고 에테르 소비가 많아서 시간이 좀 걸리는 일이지요."

"휴우, 그건 다행이네요."

"어쨌건 그래서 그 뜬소문이 있은 후로, 지금까지 타모얀의 대우 부족을 봤다는 이야기가 없습니다. 제 생각이지만 만약 그 당시의 소문이 사실이라고 하면, 대우 부족이 살고 있는 테 멜을 두고 싸움이 벌어지는 와중에 매개체가 부서진 것이 아닌 가 합니다. 그렇게 되면 안에 있던 이들이 밖으로 나올 수가 없 으니 대우 부족에 대한 소문도 사라질 수밖에 없지요."

"어쩌면 대우 부족과 함께했던 그분도 그 테멜 안에 갇혀서 나오지 못하고 있는 것인지도 모르겠군요."

세현은 충분히 가능성이 있다고 생각하며 무비족 집주인에 게 물었다.

"입구가 사라진 테멜에서 나올 방법은 없으니까요. 아, 테멜 중에선 입구와는 상관없이 다른 행성으로 이동하는 게이트를 가지고 있는 경우가 있다고 듣기는 했습니다만, 그걸 여기서 확 인할 방법은 없지요."

"네? 테멜 안에서 다른 행성으로 이동하는 게이트요?"

"당연하지 않습니까. 테멜이라는 것이 본래 에테르 기반 생 명체가 새로운 행성을 침략하기 위한 도구로 만들어진 것이니 당연히 에테르 기반 생명체들이 번성한 행성과 연결이 될 필요 가 있지요. 물론 모든 테멜이 그런 것은 아니고 중요한 테멜 몇 곳에 그런 장치가 있었다고 하더군요."

"일종의 보급 기지 같은 역할을 하는 테멜이라고 봐야겠군요? 자신들의 본거지에서 새로 침략한 행성으로 침략군을 지원하기 위한."

"그렇지요. 하지만 아까도 이야기했던 것처럼 그건 모두 과거의 이야깁니다. 요즘은 에테르 기반 생명체들도 테멜이란 방법을 쓰진 않지요. 이면공간을 이용하는 것이 훨씬 효과적이란 것을 그것들도 알아차린 거지요. 덕분에 테멜은 일종의 수집품 같은 것이 되어버렸지요. 엄청난 가치를 지닌 수집품 말입니다. 경우에 따라선 행성 하나를 목에 걸고 다닐 수도 있으니 그 얼마나 대단합니까."

"엄청난 가치를 가지고 있겠군요. 그런데 그런 것이 어떻게 지유에선에 나돌아 다니고 있는 겁니까?"

세현은 이해가 되지 않았다.

보통 그런 물건이 있으면 힘을 지닌 이들이 차지하는 것이 보통이다. 그런데 지유에선에는 적잖은 테멜들이 있다는 이야기를 들었던 것이다.

"테멜에는 그 안에 살고 있는 주민들이 있습니다. 그리고 테멜의 주인은 바로 그들이지요. 작은 테멜이야 개인이 소유하고 관리 하는 것이 가능하지만 일정 규모 이상이면 개인이 혼자서 관리하기는 어렵지요."

"그렇다면 굳이 테멜 쟁탈전 따위를 벌일 이유가 없지 않습니까."

세현은 테멜을 두고 싸움이 벌어졌다는 뜬소문의 맹점을 짚어 냈다.

"그야 저도 모를 일이지요. 하지만 소유가 가능하다고 생각했으니 싸움이 벌어지지 않았겠습니까? 그 이유야 저도 알 수 없지만 말입니다."

"그렇군요. 죄송합니다. 제가 좀 마음이 급해서 주인께 실례를 한 것 같습니다."

세현은 이야기를 하는 중에 자신이 너무 흥분해서 집주인을 추궁하듯이 행동하고 있었음을 알아차리고 급히 사과를 했다.

"아닙니다. 마음에 담아두지 않으니 신경 쓰지 마십시오. 괜찮습니다."

무비족 집주인은 그런 세현의 사과를 웃는 얼굴로 그렇게 받아주었다.

*　　　　　*　　　　　*

코르소의 축제는 세현 일행이 코르소에 들어오고 이틀이 지났을 때, 레드 베리의 수확 종료 선언과 함께 그 다음날부터 시작되었다.

팀 미래로의 대원들도 축제 기간 동안의 개별적인 자유 시간을 얻어서 코르소 곳곳으로 흩어졌다.

그들의 주머니에는 에테르 코어가 두둑하게 들어 있었다.

지구와 같이 지유에션에서도 금이나 은, 보석과 같은 것이 가치를 지니고 있었고, 화폐의 역할을 하기도 했다.

하지만 제일 확실한 화폐는 역시나 에테르 주얼이나 코어였다. 당연히 코어는 그 가치는 워낙 높아서 좀처럼 보기 어려운 교환 수단이고, 주얼 역시 등급이 낮은 것들이 주로 화폐로 사용되었다.

세현은 집주인의 도움을 받아서 등급이 높은 에테르 주얼을 등급이 낮은 것들로 바꾸어서 대원들에게 지급했다.

집주인에게 들었던 이야기가 사실이라면 당장에 형을 찾을 방법은 없었다.

대우 부족이나 그들의 테멜을 찾아야 하는데, 대우 부족이 테멜에 갇혀 있는 상태로 입구가 있는 매개체가 파괴되었다면 매개체가 다시 복구될 때까지는 방법이 없었다.

그래서 세현도 한동안 지유에션과 지구를 오가면서 상황을 살필 생각을 하고 있었다. 어차피 콩쥐를 이용하면 지구와 지유에션 사이의 거리는 문제가 되지 않았다.

하지만 세현의 그런 계획은 뜻밖의 사태로 완전히 틀어지고 말았다.

"대장! 대장!"

세현은 코르소의 내성에 들어가 축제를 구경하고 해질 무렵에 집으로 돌아와 휴식을 취하고 있었다.

그런데 밖에서 자신을 부르는 주영휘의 다급한 목소리가 들렸다.

무슨 일이 생겼음을 직감한 세현이 급히 몸을 날렸다.

"무슨 일이야?"

거처와 현관으로 통하는 복도에서 주영휘와 마주친 세현이
물었다.

"흐아, 흐아, 지, 지금 코르소에 대우 부족이 나타났어, 아니,
나타났습니다!"

워낙 급해서인지 반말을 하던 주영휘가 어느 정도 정신을 차
렸는지 말투를 수정했다.

"대우 부족이?"

놀라기는 세현 역시 마찬가지였다.

"그렇습니다. 조금 전에 타모얀의 대우 부족이 코르소의 내
성으로 들어가는 것을 분명히 봤습니다. 함께 있던 호올이 지
금 내성문들을 감시하고 있습니다."

"성문 넷을?"

"네, 좀 무리하고 있지요."

호올은 원래 하나가 셋이 되는 수준이었지만, 투바투보에 다
녀온 이후로 넷까지 스스로를 분열할 수 있게 성장했다.

하지만 아직도 넷으로 오래 지내는 것은 무리가 있는 상태였
다.

하지만 성문의 수가 넷이니 어쩔 수 없이 무리를 하고 있는
모양이었다.

"알았어. 일단 방에 들어와 있는 대원들을 보내서 호올과 교대를 하라고 하고, 대우 부족은 어느 쪽으로 들어갔지?"

"내성 남문으로 들어갔습니다."

"아깝네. 내가 있었으면 마주쳤을 가능성도 있었는데……."

세현이 아쉬운 듯 중얼거렸다.

내성은 출입증이 없으면 들어갈 수가 없는 곳이었다.

그곳 역시 축제가 벌어지고 있지만 외성 쪽에 비해선 훨씬 고급스러운 분위기였다.

세현 역시 집주인의 호의로 출입증을 얻을 수 있었다.

하지만 그 출입증은 세현 개인에게만 해당하는 것으로 팀 미래로의 다른 대원들과 함께할 수는 없었다.

그래서 세현도 잠깐 내성에 들어가서 분위기만 살피고 나온 것이다. 그런데 하필 자신이 집으로 돌아와 있는 사이에 그토록 찾고 있던 타모얀의 대우 부족이 모습을 드러냈다니.

"일단 대원들 불러 모아서 외성에 흩어져서 그 타모얀 종족이 다시 나타나면 어떻게든 잡아 두거나 이곳으로 데리고 오라고 해. 물론 무례하게 대하란 소리는 아니야. 상황 설명을 하고 모셔오란 소리지."

"알겠습니다, 대장님."

"나는 지금부터 내성에 들어가서 그 대우 부족을 수소문해 볼 테니까. 길이 엇갈려서 놓치는 일이 없도록 부탁해!"

세현은 주영휘에게 일단 그렇게 말을 하고는 급하게 내성을 향해 달렸다.

*　　　*　　　*

큰 소.

짙은 갈색을 넘어서 흑갈색에 가까운 털.

보통 사람들의 몇 배는 되어 보이는 장대한 체구.

머리의 뿔과 장식처럼 빛나는 코뚜레.

커다란 체구를 뒤덮은 품이 넉넉한 롱코트.

세현은 내성 거리를 미친 듯이 뛰어다니다가 결국 그토록 찾고자 했던 존재를 확인했다.

그는 내성 상점 거리의 잡화점에서 슬쩍 허리를 숙여서 문을 나서고 있었다.

커다란 덩치 때문에 잡화점의 문을 그냥 지날 수가 없었던 것이다.

세현은 그에게 전력으로 달려갔다.

"거기 타모얀의 대우 부족, 잠깐만! 잠깐만 기다려주십시오."

세현이 그 대우 부족을 향해 달려가며 고함을 질렀다.

그 소리에 타모얀 대우 부족의 시선이 세현에게로 향했다.

"음?"

그리고 그의 눈빛에 놀람의 감정이 깃들었다.

척!

세현이 그런 타모얀과 몇 걸음 거리를 두고 멈춰 섰다.

"잠시, 잠시만 이야기를 하고 싶습니다."

세현이 가쁜 숨도 고르지 않고 다급하게 타모얀의 대우 부족을 보며 말했다.

"나와 이야길 하고 싶다고? 혹시 나를 아는가?"

타모얀의 대우 부족이 세현을 보며 물었다.

"아닙니다. 하지만 저는 오래전부터 타모얀의 대우 부족을 찾고 있었습니다. 그때문에 투바투보에서부터 여기까지 왔습니다."

"음, 투바투보에서? 그럼?! 혹시 지구에서 온 건가? 그 강현이라고 하는 전사의 고향인?"

대우 타모얀은 눈이 커다랗게 커지며 세현을 보고 물었다.

"마, 맞습니다. 강현, 그를 찾아서 여기까지 온 겁니다."

세현이 격하게 흥분한 목소리로 대답했다.

"이런! 이런! 이런 일이 있나. 이런 일이……."

대우 타모얀이 세현의 말에 복잡한 표정을 떠올리며 낮게 중얼거렸다.

대우 부족의 야울스를 만나다

"먼 길을 왔구먼."

야울스라고 자신을 소개한 대우 부족 타모얀이 세현을 보며 말했다.

세현과 야울스는 내성의 고급 음식점에서 테이블을 마주하고 앉아 있었다.

"아까 진강현에 대해서 아신다고 하셨지요?"

세현이 조급함을 이기지 못하고 형에 대해서 물었다.

"물론 알고 있지. 그는 우리 일족의 친구니까."

야울스는 세현의 물음에 스스럼없이 진강현을 그들 일족의 친구라 말했다.

"저는 진강현의 동생인 진세현입니다."

"음, 그럴 거라고 생각했지. 자넨 강현, 그와 많이 닮았어. 형제라는 것을 금방 짐작할 수 있었지."

"그렇습니까?"

"그렇다네."

"그런데 제 형은 지금 어디에 있습니까? 제가 짐작하는 것처럼 타모얀 대우 부족의 테멜 안에 있는 겁니까?"

"음, 확실하진 않지만 그럴 거라고 생각하고 있네."

"네? 확실하지 않다니요?"

세현은 여기서 또 뭐가 어긋나는 것인가 싶어서 불안한 표정으로 야울스를 보았다.

"내가 우리 부족의 테멜에 문제가 생겼다는 것을 알게 된 것은 이미 일이 벌어진 후였다네. 그러니까 내가 여기, 지유에션에 도착했을 때는 이미 우리 일족의 테멜 입구가 사라지고, 그 매개체 역시 파괴된 후였다는 말이네."

"그럼?"

"그전까지는 분명 강현, 그 친구는 우리 일족과 함께 있었네. 하지만 내가 떠나 있는 사이에 일이 어떻게 변했을지는 모르는 거지."

"흐으음!"

세현은 야울스의 말에 깊은 한숨을 쉬었다.

"우리는, 아, 우리라고 하는 건 테멜에 머물지 않고 밖에서 주로 활동하는 일족을 말하는데, 어쨌거나 우리들은 테멜 안에 살고 있는 일족들과 이곳 외부를 연결하는 역할을 하고, 입구가 되는 테멜 펜던트를 지키는 임무를 맡고 있다네."

"네? 그런데 야울스 님께서는 당시에 이곳에 계시지 않았다고 하지 않았습니까?"

"그렇지. 그때는 다른 일족이 펜던트를 지키고 있었지. 그래서 이곳 지유에션에서 머물고 있었고 말이야. 대신에 우리는 이곳저곳 이면공간들을 돌아다니면서 일족에게 도움이 될 일들을 처리하고 있었지. 우리가 비록 테멜 안에서 살고 있다곤 하지만, 우리 타모얀의 대우 일족은 세상에서 작지 않은 역할을 하고 있다네. 그걸 위해서 우리가 움직여야 할 일이 많았지."

"어쨌거나 펜던트는 파괴되었다는 말씀이지 않습니까?"

"그렇지. 그리고 그게 일종의 매뉴얼이라고 할까? 지침이라고 할까 그런 거지. 지키지 못할 것 같으면 파괴하는 걸세."

"네?"

"부숴버리면 빼앗기지는 않으니까 최후의 수단으로 그렇게 하는 거지. 사실 어떤 놈들이 그 펜던트를 가지고 가서 안쪽에서 아무도 나올 수 없게 만들어 버리면 테멜 안에 있는 일족들로서도 난감하지 않겠나. 그러니 차라리 매개체를 파괴하고 난 후에 그것이 다시 만들어질 무렵에 외부에 나와 있던 우리들이 모두 모여서 복구된 매개체를 확보하는 거지."

"그러니까 결국은 그때, 매개체는 일부러 부순 거란 말이군요?"

"그렇지. 그리고 그 덕분에 안에 있던 일족도 무사히 위기에서 벗어났고 말이야."

"그렇군요."

"그리고 내가 여기에 온 건, 바로 그 이유 때문이지."

"네? 그 이유라니요?"

세현은 야울스가 무슨 말을 하는지 모라라 되물었다.

"그 이유가 별것 있겠나? 매개체가 복구될 때가 되었으니 내가 여기 지유에선에 온 것이지."

"복구될 때가 되었다고요?"

세현이 깜짝 놀라서 소리를 질렀다.

식당 안 손님들의 시선이 세현에게로 몰렸다.

세현은 급히 표정을 수습하고 시선을 던지는 다른 테이블의 손님들에게 살짝 고개를 숙여 무례를 사과했다.

"허허허. 그렇지. 매개체가 부서진 날을 알고 있으니 복구될 때도 알 수 있지. 거기다가 부서진 장소에서 복구도 이루어질 테니까 그곳으로 가서 새로 만들어진 매개체를 확보해야 하거든. 그래서 이곳에 온 거지."

세현의 사과가 끝나자 야울스가 웃으면서 상황을 설명했다.

"그럼 다른 분들도 오시는 겁니까?"

세현이 혹시라도 예전에 만났던 대우를 만날 수 있지 않을까 하는 마음에 야울스에게 물었다.

"당연하지. 이제 모두 모일 거네. 이미 와서 그곳으로 향하는 일족도 있을 게고."

"여기 코르소가 아닌 모양이지요?"

"난 운이 별로 없었지. 여기서 멀어. 북서쪽으로 꽤나 오래 가야 하지."

이면공간에서 자유에선으로 들어올 때에는 도착지점이 무작위로 설정이 된다.

야울스 역시 그 무작위 설정에서 피해를 본 모양이라고 세현은 생각했다.

"동행해도 되겠습니까?"

안 된다고 해도 어떻게든 따라나설 생각인 세현이지만 일단 야울스의 의견을 물었다.

"안 될 것이 뭐가 있겠나. 환영하네."

"저, 그런데 혹시 다른 일족들 중에서 스스로를 대우라고 소개하는 분을 알고 계십니까?"

"응? 그건 무슨 소린가?"

세현은 야울스의 물음에 이전 형의 안배로 들어갔던 이면공간에서 만난 대우에 대해서 이야기했다.

"호오? 그런 인연이 있었다고? 이야기를 들어보니 대충 누군지 짐작이 가기도 하는군. 하지만 그분에 대해선 내가 가볍게 입을 놀릴 수가 없군. 그분이 강현, 그 친구와 친구 사이고, 내가 강현과 친구라곤 하지만, 내가 그분과 친구 사이는 될 수 없으니 말이야."

야울스는 세현이 말하는 대우라는 인물에 대해서 언급하는 것을 피하려 했다.

"그럼 혹시 그분이 이번 일에 관련해서 지유에선으로 오실까요?"

"음? 그거야 당연하지. 그분이 우리 파견자들의 수장이시니까 말이야."

"아, 그렇군요."

세현은 파견자들의 수장이라는 말에 저도 모르게 고개를 끄덕였다.

*　　　*　　　*

코르소의 축제는 마지막 날에 도시 전체가 붉게 물드는 레드 베리 전쟁으로 화려하게 막을 내렸다.

크기가 어지간한 호박보다 더 큰 레드 베리는 그 알갱이를 따로 떼어 내면 손안에 꼭 들어올 정도의 크기였다.

그런데 그것을 투석전 하듯이 서로에게 던지며 벌이는 싸움이 마지막 날 정오가 지나면서 도시 곳곳에서 벌어졌다.

정오가 되는 순간에 자신이 어느 위치에 있었느냐에 따라서 편이 갈려서 서로 싸우는 방식인데 그 탓에 도시의 모든 건물들이 붉게 물들었다.

시간이 지나서 붉은 물이 마르면 자주색이 되는데, 코르소의 거의 모든 건물들이 짙은 자주색을 띠고 있는 이유가 거기에 있었던 것이다.

세현은 팀 미래로와 함께 축제가 끝난 코르소를 떠났다.

야울스에 대해선 이미 팀원들 모두에게 설명을 한 후였기에 그의 합류를 이상하게 여기는 사람은 아무도 없었다.

야울스는 세현과 비슷한 전투력을 지니고 있었다.

그는 날이 양쪽으로 나 있는 커다란 전투 도끼를 양손으로 들고 사용했는데, 그 파괴력이 무시무시했다.

어지간한 몬스터들은 에테르 스킨과 함께 쪼개지거나 터뜨려 버리는 괴력을 보였다.

심지어 초록색 등급의 몬스터도 때로 한 방에 박살을 내는 모습을 보여서 팀원들을 주눅 들게 만들었다.

그것은 세현도 하기 어려운 신위였다.

물론 세현이 앙캡스를 사용하고, 마법진을 이용한 마법을 사용하며, 검과 방패를 능숙하게 다룬다는 점들을 모아 놓으면 야울스보다 나을 것이다.

하지만 강력한 파괴력만을 두고 생각하면 야울스의 능력은 엄청난 면이 있었다.

"어째 점점 몬스터들이 강해지는 것 같습니다. 그렇지 않습니까?"

파르소를 떠나서 열흘 정도가 흘렀을 때, 숙영지를 정하고 모닥불을 피운 후에 메콰스가 세현 곁에서 따뜻한 차를 마시다가 문득 말했다.

"당연한 일이지. 지금 우리는 에테르 기반 생명체들의 구역으로 다가가는 중이거든."

그 물음에 답을 한 것은 메콰스와 마주 앉아 있던 야울스였다.

"몬스터 구역으로 간다는 말입니까?"

"응? 몰랐나? 지유에선이 인간종족이 이면공간으로 이동하는 주요 통로이기도 하지만 몬스터, 아니, 에테르 기반 생명제들 역시 이곳 지유에선을 통해서 다른 이면공간으로 가는 거지. 당연히 지유에선에도 인간들의 영역과 에테르 기반 생명체의 영역이 나뉘어져 있는 거지."

"그럼 그 펜던트가 파괴된 곳이 몬스터들의 영역에서 가깝다는 겁니까?"

세현이 살짝 불안한 듯이 물었다.

"아니, 아니지. 그게 아니야."

"아니라고요?"

"펜던트를 빼앗으려고 했던 놈들이 바로 그놈들이지. 폴리몬과 마가스들 말이야."

"네?! 인간 종족이 아니었다는 겁니까?"

세현은 뜻밖의 말에 깜짝 놀랐다.

"물론 테멜에 욕심을 내는 인간들이 많기는 하지. 그리고 그런 이유로 자네들이 말하는 몬스터 영역으로 들어가게 된 거고 말이지."

"인간들의 위협을 피해서 몬스터들의 영역으로 들어갔다는 겁니까?"

"그래, 그런데 일이 꼬이는 바람에 폴리몬과 마가스가 우리 일족의 테멜에 대해서 알게 된 거지. 그래서 그것들의 공격을 받게 된 거고."

"그래서 그 공격을 견디기 어렵다고 판단하고 매개체를 파괴하고 탈출을 했다는 겁니까?"

"맞네. 거기다가 펜던트가 파괴되자 에테르 기반 생명체들은 야금야금 자신들의 영역을 이동시켰지. 결국 지난 십여 년 동안 놈들은 영역을 이동시켜서 결국 펜던트가 다시 나타날 위치를 자신들의 영역 중앙에 오도록 만드는데 성공했지."

"아니, 그걸 두고 봤다는 겁니까?"

세현이 어처구니가 없다는 듯이 말했다.

"그렇다고 지유에선의 사람들을 이용해서 몬스터, 뭐 그렇게 부르지, 그것들을 토벌할 수는 없지 않나. 가능성이야 있겠지만 그만큼 사람들의 희생이 커질 테니까 말이지."

"그래서 두고 봤다고요?"

"뭐, 때가 되면 어련히 알아서 할까 싶은 마음이 없었던 것은 아니었지. 우리 파견자들이 모두 모이면 까짓 몬스터 영역 따위야 문제도 아니라 생각한 거지."

"어째, 그 생각이 오판이었다는 말씀을 하실 것 같아서 불안한데요?"

세현은 정말로 야울스가 그렇게 말을 할 것 같다는 느낌을 받았다.

"상황이란 언제나 변하는 거니까 말이야. 아직 확실한 것은 아니지만 이곳 지유에선에 한계를 돌파한 폴리몬이 나타났다는 소리가 있더군."

"한계를 돌파한 폴리몬이면 초인들과 같은 등급을 이야기하는 겁니까?"

세현이 진미선을 떠올리며 물었다.

"그렇지. 어쩐 일인지 그런 존재들이 얼마 전에 지유에선에 모습을 드러냈다는 이야기가 있었어. 그래서 불안하긴 하지."

그렇게 말하는 야울스의 얼굴에는 근심어린 기색이 떠올라 있었다.

"확실한 것은 아니란 말이군요?"

"그들이 나타났다는 것은 분명한데, 이후로 다시 모습을 드러내지 않아서 어떻게 된 건지 알 수가 없지."

"그렇군요. 그럼 다른 곳으로 갔을 수도 있겠군요?"

세현은 문득 떠오르는 가능성을 염두에 두고 야울스에게 물었다.

"음? 다른 곳으로? 뭐 그랬을 수도 있네만, 역시 확인은 되지 않은 거지. 그래서 불안한 거지."

"그렇군요."

세현도 그 정도에서 대화를 마무리했다.

더 이야기를 나눠봐야 답이 없는 이야기였다.

몬스터들이 대우 부족의 테멜 입구가 깃든 매개체를 노렸고, 그것이 실패하자 다시 나타날 것을 예상하고 영역을 옮겼다는 것이다.

거기다가 과거에는 보이지 않았던 초인 등급의 폴리몬이 지유에선에 나타났다면, 최악의 경우 대우 부족의 파견자들은 그들의 테멜을 찾는 과정에서 그들을 만날 수도 있었다.

'그렇다고 함께하지 않을 수도 없지. 형이 그 테멜에 있을 가능성이 높다면 반드시 그 테멜을 확보해야 해. 어쩌면 형이 거기 갇혀 있는 건지도 몰라. 그래서 지금까지 돌아오지 못했을 수도 있어.'

세현은 그렇게 생각하며 각오를 다졌다.

[음. 힘내, 세현! 내가 도울 거야. 음음.]

그런 세현을 향해서 '팥쥐'의 응원이 전해졌다.

'콩쥐는 어때? 잘하고 있어?'

세현이 그런 '팥쥐'에게 물었다.

근래에 콩쥐에게 하급의 에테르 코어를 몇 개 흡수시켰기 때문이다.

콩쥐가 많은 에테르를 확보해야 더 많은 인원을 더 빠르게 공간이동시킬 수가 있었다.

그러니 세현도 불안해하면서도 어쩔 수 없이 콩쥐의 성장을 유도하고 있는 중이었다.

[음. 걱정 없어. 콩쥐, 나한테 혼나! 그래서 말 잘 들어. 음음.]

'그래, 다행이구나.'

세현은 작게 안도의 한숨을 쉬었다.

'팥쥐'가 콩쥐를 제대로 통제할 수만 있다면 걱정은 없었다.

세현은 조만간 미래 필드와 지구에 한번 다녀와야겠다는 생각을 했다.

팀 미래로의 대원들에게도 지구 소식을 전해 줄 필요가 있었다.

그것이 어떤 선물보다 좋은 선물이 될 것이라고 세현은 생각했다.

Chapter 7

크라딧의 전격전!

"죽엇!"

새파랗게 응집된 에테르를 뿌리며 장검이 상대의 목을 향해 궤적을 그리며 날아간다.

파차장!

하지만 쉽게 목을 내어줄 수 없는 것은 상대 역시 마찬가지. 검로의 중간을 붉은색의 에테르로 강화된 또 다른 검이 막아선다.

"니미럴 놈이! 너나 죽어!"

새파란 에테르 검기를 사용하는 이를 향해서 상대의 동료가 옆구리를 찔러 들어온다.

그 역시 새하얀 에테르가 이글거리는 검이다.

"제길!"

협공을 당하게 된 이는 급하게 몸을 뒤로 빼며 검을 휘둘러 옆구리로 들어오는 검날을 쳐 낸다.

후우웅!

"피, 피해!"

콰과광!

물러나는 적을 반드시 잡고 말겠다고 따라 들어가는 동료를 향해서 처음 목을 내어줄 뻔했던 사내가 고함을 질렀지만, 이미 동료는 어디선가 날아온 불덩어리에 맞은 후였다.

"크아악!"

그나마 다행이라면 불덩이에 맞고 뒤로 날아와 뒹군 동료의 목숨이 끊어지진 않았다는 사실일까?

"이봐, 정신 차려! 응? 일어나!"

"도, 도망……."

동료는 간신히 시커멓게 그을린 손가락을 들어서 동료의 등 뒤를 가리켰다.

부상당한 동료의 상체를 부축하던 사내가 등 뒤로 돌아봤을 때, 엄청난 숫자의 불덩이가 아군 진영을 향해서 쏟아지고 있는 중이었다.

"제, 제기랄……."

사내는 어디에도 피할 길이 없음을 직감적으로 느꼈다.

이제 곧 끝이 올 것이다.

한 번도 경험하지 못했던 끝, 하지만 누구든 언젠가는 경험할 그 끝이 온다.

사내는 동료를 끌어안으며 눈을 질끈 감았다.

콰과과과과과광 콰과과광 콰광 콰과과과광!

세상에 뒤집어지는 굉음이 전장 전체를 뒤덮었다.

"크하하하, 바로 이거야! 아주 제대로야."

멀리서 그 광경을 바라보고 있던 지휘관이 흥에 겨워서 크게 웃었다.

"하지만 우리 쪽 희생도 만만치 않습니다."

"어쩔 수 없는 일이지. 대를 위한 소의 희생이야 언제나 있어 왔던 것이 아닌가. 만약 이 작전을 쓰지 않았다면 오늘 전투에서 아군의 희생자는 몇 배는 늘어났을 거야. 그렇게 희생을 내고도 승리는 장담하지 못했겠지. 하지만 지금은 어떤가. 희생이 있긴 했지만 승리했고, 희생자의 수도 예상보다 적지 않은가. 으응? 뭐? 저건 뭐야?"

한껏 기세를 올리며 부관에게 대를 위한 소의 희생과 전술의 승리에 대해서 이야기하던 지휘관은 점차 드러나기 시작하는 전장의 모습에 당혹감을 금치 못했다.

*　　　　*　　　　*

동료를 끌어안고 죽음을 각오했던 사내는 굉음과 함께 세상이 끝나는 소리를 들었지만 몸에 아무 이상이 없다는 것을 자각했다.

어떤 충격도 없었다.

그저 큰 폭발음에 귀가 먹먹한 것 이외에는.

사내는 감았던 눈을 뜨고 슬며시 주변을 살폈다.

온통 연기와 먼지로 가득한 전장에 한 가지가 없었다.

비명 소리.

모두가 죽어버린 것인가 했지만, 그도 아니었다.

여기저기 입을 벌리고 한곳을 바라보고 있는 아군의 모습이 보였다.

거기다가 조금 전까지 적으로 싸우던 이들 역시 무지막지한 마법 폭격을 경험한 후라서 그런지 넋이 나간 모습으로 서 있었다.

휘이잉!

바람이 한바탕 전장을 휩쓸고 지나갔다.

그러자 더욱더 상황이 일목요연하게 드러났다.

전장의 모습은 불덩이들이 떨어져 내리던 순간과 별반 다르지 않았다.

달라진 것이 있다면 모두의 시선이 멀리 적의 지휘소가 있는 곳으로 향하고 있다는 것이었다.

그것은 조금 전에 죽음 앞까지 끌려갔다 되돌아 나온 적들도 마찬가지였다.

자신들이 아군의 마법 공격에 죽을 뻔했다는 사실을 그들도 알아차린 것이다.

"개, 개 새끼들아!!"

"주, 죽인다아!!"

일부 적군들이 무기를 들고 거꾸로 자신들의 진영을 향해서 달렸다.

그에 동조해서 몇몇 전사들이 함께 달렸지만 얼마 가지 못해서 적들에게 포위당해 잡히거나 죽임을 당했다.

"씨발 놈들!"

챙그랑.

사내와 사내의 동료에게 협공을 당했던 적이 자신의 편이 있는 쪽을 쳐다보더니 신경질적으로 검을 땅바닥에 집어 던졌다.

그리곤 두 손을 머리 뒤로 올리고 무릎을 꿇고 앉았다.

그러자 그와 함께 싸우던 이들 역시 같은 모습으로 항복 의사를 표현했다.

[음음. 난 정말 대단하고 대단해! 음음. 정말이야.]

'그래 잘했다. 아주 잘했어.'

세현은 어깨 위에 올라앉은 '팥쥐'의 머리와 등을 살살 긁어주었다.

여전히 자신의 정체성으로 햄스터를 고집하는 '팥쥐'는 그런 세현의 손길을 즐겼다.

"고맙습니다. 미래 길드 마스터."

"뭐, 위기에 빠진 동료를 돕는 것이 인사를 받을 일은 아닌 것 같습니다. 그런데 이쯤에서 전투를 멈추실 생각입니까?"

세현은 조금 전에 자신들의 부대원을 희생시키면서 감행한 크라딧 군의 대규모 마법 공세를 완벽하게 막아냈다.

자칫하면 전멸할 수도 있었던 공격을 막은 엄청난 공적을 세운 세현이지만 그 공을 대수롭게 않게 말하며 대 크라딧 전투의 일익을 담당하고 있는 제6대항군 사령관에게 향후 전투 방향을 물었다.

"지금으로선 명령이 제대로 전달될 가능성이 별로 없는 것 같습니다. 저렇게 적과 아군이 섞여 있는 상황인데다가 항복하는 적의 수가 많아서 혼란스러우니 말입니다. 그저 방어만 굳게 하고, 대신에 항복한 적들을 통제하는 것이 우선일 듯싶습니다."

사령관은 세현에게 그렇게 말을 하고는 곁에서 명령을 기다리는 부관에게 고개를 끄덕여 보였다.

세현에게 설명한 그대로 하위 부대에게 명령을 내리라는 뜻이다.

부관은 곧바로 사령관에게 경례를 하고는 통신용 수정구를 이용해서 사령관의 뜻을 하급 부대로 전파하기 시작했다.

"아슬아슬했습니다. 만약 미래 길드 마스터께서 이곳에 계시지 않았다면 지금쯤 아군은……."

사령관은 세현과 나란히 서서 전장 정리가 이루어지고 있는 전방을 바라보았다.

지휘가 용이하도록 주변에서 제일 높은 곳에 자리를 잡은 지휘본부였다.

이면공간에서의 전투는 이전 현대전처럼 상대를 보지 않고 버튼을 눌러서 하는 형태의 전투가 아니다.

눈으로 보고 힘과 기교로 맞서야 하는 것이 이면공간에서의 전투인 것이다.

물론 그런 중에도 총화기나 마법, 활이나 석궁, 마력총 따위의 원거리 공격이 없는 것은 아니다.

하지만 어떻게 보더라도 전장을 한눈에 굽어볼 수 있는 곳에 전투 지휘관이 위치해야 하는 것은 당연한 일이 되었다.

"갑작스럽게 크라딧과 지구 인류 사이의 전쟁이 확대되고 치열해질 줄은 몰랐습니다."

"그게 모두 저 빌어먹을 크라딧 놈들 때문이 아닙니까. 지구와 연결된 1차 이면공간에 대한 기득권을 빼앗아서 지구를 고립시키려고 하니 어쩔 수 없이 우리도 반격을 할 수밖에요."

사령관이 얼굴이 시뻘겋게 달아오르며 분노를 터트렸다.

이전 언젠가 크라딧들이 지구는 지구의 인류가 책임지고 이면공간은 자신들이 관리하겠다고 선언한 적이 있었다.

물론 그 후로 이면공간에서 크라딧과 지구 인류 사이의 갈등이 지속적으로 이어지긴 했다.

하지만 그 당시 크라딧의 전력은 지구 인류가 방어하는 이면공간들을 모두 차지할 정도가 되지 못했다.

그 때문에 이면공간을 지키고 빼앗기 위한 싸움이 끊이지 않았지만, 규모는 작을 수밖에 없었다.

그런데 이번에 세현이 팀 미래로와 함께 지유에선으로 향한 사이에 크라딧이 전격적으로 지구 인류가 관리하는 이면공간에 대한 침략을 개시한 것이다.

그것도 열세 곳의 크라딧 전부가 참가한 총력전이고, 전격적인 기습작전이었다.

때문에 지구 인류는 지구와 연결되어 있는 1차 이면공간의 절반 정도를 크라딧에게 빼앗기는 참담한 상황을 맞이해야 했다.

하지만 지구 인류도 마냥 당하고만 있지는 않았다.

곧바로 전지구적인 길드 연합이 결성되었고, 대 크라딧 대항군 아홉 부대가 만들어졌다.

제1대항군에서부터 제9대항군까지 편성된 부대원들은 천공기사와 헌터를 망라한 전력이었다.

그 부대는 천공기가 없는 헌터까지 미래 길드의 이면공간 전송기의 도움을 받아서 속속 전장으로 들어갔고, 실력이 뛰어난 이들은 다시 이면공간 통행증을 소유한 공격 부대에 편성이 되었다.

그 뒤로는 크라딧과 대항군 사이에 밀고 밀리는 전투가 계속되었다.

"그래도 이곳만 우리가 점령할 수 있다면 크라딧 놈들의 진출로 하나는 확실히 틀어막는 효과가 생깁니다. 더구나 다행스럽게도 이 전투는 아군의 승리가 확실합니다. 미래 길드 마스터 덕분에 말입니다."

사령관은 한동안 전장을 살피다가 세현에게 고개를 돌리며 말했다.

"지원을 나와서 그만한 성과를 냈으면 그것으로 만족합니다. 한동안 제 개인적인 문제 때문에 크라딧과의 전투에 참가를 하지 못하고 있었는데, 그나마 한몫을 했으니 다행일 뿐입니다."

세현은 이쪽에서 이런 일이 벌어지는 것도 모르고 있다가 지유에선에서 야울스와 함께 몬스터 영역 가까이 도착한 후에 빌미를 얻어서 지구로 잠깐 돌아왔었다.

야울스는 대우 타모얀의 파견자들이 모여서 몬스터 영역을 밀어 버릴 정도가 될 때까지 외곽에서 기다려야 한다고 했다.

자신이 먼 곳에 떨어져서 늦게 도착할 줄 알았는데 세현 일행과 함께 움직이다 보니 예상보다 빨리 1차 목적지에 도착했다며 세현에게 시간을 줬다.

그래서 세현은 팀 미래로를 지유에선에 그대로 남겨 둔 상태로 홀로 지구로 돌아왔다.

팀 미래로 전원을 데리고 오기에는 콩쥐가 소비해야 할 에테르가 너무 많았기 때문이다.

콩쥐가 전력을 다하면 가능하긴 하지만, 그 후유증이 적잖을 거라고 '팥쥐'가 걱정을 했다.

그래서 혼자만 들러서 지구 소식을 가지고 되돌아갈 계획이었는데 막상 돌아와 보니 크라딧과의 전투가 격렬하게 진행되고 있었던 것이다.

그래서 어쩔 수 없이 세현도 잠깐이라도 전투에 참가해서 생색이라도 내자는 생각으로 이곳에 왔는데, 막상 오자마자 제법 큰 공을 세우게 된 것이다.

전장 전체를 보호막으로 막아서 적의 대단위 공습에서 아군을 지켜낸 공을 세웠으니, 그동안 세현의 부재에 대한 수군거림은 말끔하게 지울 수 있을 터였다.

"그나저나 이유를 알 수가 없군요. 도대체 무슨 이유로 크라딧이 지구를 고립시키려고 하는 걸까요?"

세현은 지나가는 말투로 사령관에게 물었다.

사실 그 대답은 많은 사람들이 궁금해하는 것이었다.

하지만 크라딧이 확전을 한 이유에 대해선 아무도 정답을 내놓지 못하고 있었다.

심지어 크라딧 쪽에 제법 파고 들어간 정보원들도 제대로 된 정보를 보내지 못하고 있었다.

"적어도 사소한 문제는 아니겠지요. 지금 크라딧이 뒤를 남기지 않고 전쟁을 벌이는 것으로 봐서는 아마 굉장한 뭔가가 있을 겁니다. 그렇지 않고서야 엄청난 출혈을 계속하면서 이득이 없는 전투를 계속할 이유가 없지요."

사령관은 그렇게 말을 했지만 그 역시 알맹이가 없는 추측일 뿐이었다.

"그렇겠지요. 하지만 시간이 지날수록 크라딧 쪽의 패색이 짙어지지 않겠습니까? 그들의 인적 자원은 지구 인류에 비할 수가 없지요. 참모진들의 말대로 이쪽에 열이 죽고 저 쪽이 하나씩 죽어도 결국은 이쪽의 승리가 예견되는 상황이 아닙니까."

세현은 그래서 더 이해가 되지 않았다.

지금 서로의 전력이 팽팽한 것은 지구 인류 쪽에서 가지고 있는 이면공간 통행증의 수가 많지 않기 때문이었다.

벌써부터 크라딧에게 빼앗겼던 1차 이면공간은 대부분 수복이 되고 있었다.

이면공간 전송기를 이용해서 다수의 헌터가 수복 작전을 펼치기 때문에 어지간해선 크라딧 쪽에서 방어를 하기 어려웠다.

앞으로 그런 상황은 계속 이어질 수밖에 없었다.

지구 인류의 인적 자원이 크라딧을 압도하는 이상, 답은 정해져 있는 것이다.

'그런데도 끝이 보이는 전쟁을 계속하는 이유가 뭘까?'

세현은 답이 없는 질문을 던지며 이제 정리가 거의 끝나가는 전장을 바라보았다.

이제 곧 다시 전투가 벌어질 것이고, 몇 번의 전투 이후에는 이곳 이면공간도 대항군의 차지가 될 것이다.

세현의 극적인 마법 방어가 그 승리의 초석이었다.

크라딧, 돌연변이 인자가 생기다.

"오랜만에 뵙습니다."

"하하, 그렇군. 그런데 오자마자 크게 한 건 했다면서?"

"어쩌다 보니 그렇게 되었습니다."

"아니지, 아니야. 6군 사령관이 입이 부르트도록 자네 칭찬을 하더군. 결국 6군이 거점 이면공간을 점령했다고?"

태극 길드의 길드 마스터는 예전과는 달리 가면을 쓰지 않고 있었다.

이제 태극 길드는 특별한 경우가 아니면 모두 가면을 벗고 양지에서 활동을 하는 중이었다.

이제 그들의 신분을 나타내는 것은 얼굴을 가린 태극 가면이 아니라, 가슴에 달고 있는 태극마크였다.

가면을 벗은 태극 길드의 마스터는 전형적인 직업 군인을 떠올리게 만들었다.

짧은 머리카락이나 햇빛에 그을린 피부색뿐만이 아니라, 그의 얼굴이나 몸 전체에서 전해지는 느낌이 군인의 그것이었다.

원래 태극 길드 자체가 국가 주도로 만들어진 단체였고, 그 구성원들이 모두 첩보 훈련을 받은 요원들로 구성이 되었으니 길드장이 장군급의 군인이었던 것도 의외는 아니었다.

"덕분에 파견이 빨리 끝나서 다행입니다. 저도 할 일이 많은 사람이라서요."

세현은 슬쩍 엄살을 부렸다.

사실 크라딧과의 싸움도 중요하지만 지금 당장 세현에겐 지유에선에서 벌어질 테멜의 매개체 쟁탈전이 훨씬 급했다.

어쩌면 이번에 형을 만날 수 있을지도 모르는 일이 아닌가.

그래서 될 수 있으면 빨리 이쪽 지구 인류와 크라딧의 싸움에서 발을 빼고 싶었다.

"파견이 끝났다고 하긴 좀 그렇지. 자네의 능력이 필요한 전장이 그곳만은 아니지."

하지만 태극 길드 마스터는 세현을 크라딧과의 전투에서 적극적으로 활용하고 싶다는 뜻을 내비쳤다.

"이번에 지구에 온 것은 이런 일이 있을 것을 예상한 것이 아니었습니다. 그거 잠깐 들러 가려는 것이었지요. 지금도 저를 기다리는 팀 미래로 대원들이 멀고 먼 이면공간에 있습니다. 제가 없으면 복귀도 못할 사람들이죠."

세현은 어떻게든 발을 빼려 했다.

"흐음, 자네 상황을 이해하지 못하는 것은 아니지만, 이쪽 사정이 급하게 되었어. 이건 금방 들어온 정보인데 크라딧 진영에 문제가 생긴 모양이야."

"문제요?"

"전투 중에 사망한 크라딧들과 포로로 잡힌 크라딧을 대상으로 신체검사를 했는데 문제가 있어."

"신체검사라니요? 설마……?"

세현은 굳은 표정으로 태극 길드 마스터를 바라봤다.

"적어도 포로를 대상으로 한 어떤 비인도적인 실험이나 검사는 없었네."

세현은 태극 길드 마스터의 대답에서 죽은 사체를 대상으로는 뭔가 있었을 것임을 짐작했다.

하지만 시체를 가지고 해부나 부검을 하는 것까지 세현이 신경을 쓸 일은 아니었다.

"그 검사에서 뭔가 중요한 것이 발견된 모양이죠?"

세현은 그렇지 않고서야 태극 길드 마스터가 군이 이야기를 꺼낼 이유가 없음을 짐작하고 있었다.

"음, 아직까지 심각한 것은 아니지만 크라딧에서 돌연변이 현상이 발견되었네."

"돌연변이라니요?"

"그게 적절한 표현이 아니라면 감염에 의한 변형, 혹은 변질이라고 할까? 그런 현상이 그들의 몸에서 일어나고 있다는 보고네."

"그게 무슨……."

"그들이 했던 실험, 그 배반의 크리스마스 실험에서 뭔가 문제가 생겼다는 거지."

"그 말씀은 크라딧 일부가 아니라 전체에서 그런 변화가 생겼다는 말씀인 것 같은데요?"

"그렇지. 적어도 실험에 휘말렸던 이들은 전부 그런 것으로 예상되네. 뭐 나중에 크라딧 쪽으로 들어간 이들은 빼야겠지."

나중에 크라딧에 들어간 이들이란, 실험 이후에 잠깐 사라졌던 크라딧이 나타나자 그들 편으로 들어간 사람들을 말했다.

그 인원이 많지는 않았지만 그렇다고 무시할 수 있을 정도의 수는 아니었다.

어떻게든 크라딧이 된 이들과 연관을 맺고 있는 이들이 지구에 많이 남아 있었고, 그들 중에 일부가 크라딧으로 전향을 했고, 또 지금도 가끔 그런 이들이 있었다.

거기다가 크라딧으로 넘어가지 않았지만 지구에 남아서 스파이 노릇을 하는 이들도 적잖아 있었다.

"실험에 직접 노출되었던 이들만 몸에 이상이 생겼다는 소리군요?"

"개개인의 차이는 있지만 온전히 멀쩡한 사람은 없다는 거지. 그들은 정말로 지구 인류가 아니라 크라딧이라는 새로운 종족이 되고 있는 중이네."

"흐으음……."

세현은 태극 길드 마스터의 말에 깊은 신음 소리를 냈다.

크라딧이라고 부르고 있지만 그들은 지구 인류에 속한다는 것이 보편적인 인식이었다. 그런데 이제 그들이 지구 인류와는 다른 존재가 되고 있다는 이야기다.

충격을 받지 않을 수가 없었다.

"거기다가 그 크라딧 놈들은 지구를 고립시키는 것만을 목적으로 하는 것이 아니라는 첩보도 있네."

태극 길드 마스터는 세현의 충격에 아랑곳하지 않고 할 이야기를 이어갔다.

"고립시키는 것이 목적이 아니라면 뭐가 목적이란 말입니까?"

세현이 물었다.

"아무래도 그놈들은 지구를 노리는 모양이야. 그것도 지구의 행성 코어가 목표로 보이더군."

"행성… 코어?"

세현은 행성 코어를 말에 깜짝 놀랐다.

투바투보에서 행성 코어에 대해서 들었던 기억이 있었다.

"설마 그게 특별한 에테르 코어를 말하는 겁니까?"

한 행성에 속해 있는 모든 에테르 코어의 모체.

행성을 점령하기 위해서 그 행성에 뿌리를 내리고 에테르 기반 생명체들의 근원인 에테르 코어를 만들어 내는 코어.

그것이 행성 코어라고 투바투보에서 들었던 세현이었다.

"이건 크라딧 쪽에서 나온 정보라서 아직 확인이 된 것은 아니야."

태극 길드의 마스터는 그렇게 서두를 떼면서 행성 코어에 대해서 설명을 시작했다.

그런데 태극 길드의 길드 마스터가 설명하는 행성 코어는 투바투보에서 세현이 들었던 그것과는 또 달랐다.

원래부터 행성에는 그 행성의 모든 것을 총괄하는 코어가 있다고 했다.

예를 들어, 지구라는 행성에는 지구 전체를 아우르는 코어가 있다는 소리였다.

그 코어는 지구의 모든 것을 조율하는 존재였다.

그리고 그 모든 것의 범위에는 생명체는 물론이고 지구가 지니고 있는 에너지도 포함되어 있었다.

"그건, 따지면 신(神)이라고 할 수 있는 거 아닙니까?"

세현이 설명을 듣다가 물었다.

"뭐, 그렇게 볼 수도 있지. 이를 테면 지구의 의지를 담고 있는 뭔가라고 할 수 있는 거지. 하지만 적어도 그 행성 코어가 에테르 코어와는 전혀 다른 것이지. 어쩌면 지구의 모든 생명체 역시 그 지구의 행성 코어에서 나온 것인지도 모르는 일이야."

"좋습니다. 뭐, 말 그대로 신적인 존재라고 하죠. 그런데 크라딧이 그 행성 코어를 노린다고요?"

세현은 어처구니가 없다는 듯이 말했다.

행성 코어란 말 그대로 지구 자체나 마찬가지였다.

그리고 그 행성 코어가 태극 길드 마스터의 말대로 만약 의지를 가지고 있다면 그런 존재를 크라딧이 어떻게 해보려고 하는 것이 어불성설이었다.

"말이 안 되는 거지. 하지만 또 크라딧 놈들의 말을 들어보면 그게 한편으로는 뭔가 있어 보이기도 한다는 말이야."

"무슨 소립니까?"

"행성 코어가 의지를 지닌 어떤 존재라고 한다면, 에테르 기반 생명체들의 에테르 코어 역시 그와 비슷한 존재라는 거지."

"그래서요?"

"그러니까 행성 코어와 에테르 코어가 서로 싸움을 한다는 말이네."

"행성 코어와 에테르 코어가 싸운다고요?"

"당연하지 않나? 행성을 침범해서 먹어 치우는 것이 에테르 기반 생명체들이 하는 짓이야. 그럼 그걸 행성 코어가 그냥 두고 보진 않겠지? 당연히 에테르 기반 생명체를 막으려 할 거란 말이지."

"그런가요?"

"어쩌면 지구에 천공기사가 나타나고 헌터들이 등장하게 된 것도 지구의 의지, 즉 지구의 행성 코어가 안배를 한 건지도 모르지. 지구의 의지가 그것을 허락했다고 할까?"

"뭐 그렇다고 치죠. 그래서요?"

터무니없는 이야기지만 세현은 계속해서 태극 길드 마스터의 말을 들어보기로 했다.

"그런 행성 코어를 에테르 코어가 두고 볼 수는 없지 않나. 그래서 에테르 기반 생명체들이 행성을 침략할 때는 반드시 그 행성의 행성 코어를 먼저 공격한다고 크라딧은 확신하고 있더군."

"그러니까 지금도 지구의 행성 코어는 에테르 코어에게 공격을 받고 있을 거란 말이군요."

"아울러서 그런 상태라면 과거와 같은 절대적인 신격(神格)은 지니지 못하고 있을 거라고 생각하고 있지. 사실 이면공간의 이종족들 이야기로는 에테르 코어와 행성 코어가 서로 밀고 밀리는 싸움을 벌이는 것은 흔한 일이라고 했다네. 그러다가 에테르 코어가 행성 코어를 잠식하는데 성공하면 그때부턴 급격하게 그 행성에서 에테르 기반 생명체의 세력이 커지는 거지."

"믿기 어려운 말이지만, 일단은 그럴 수 있다고 생각해 보기로 하죠. 그래서 크라딧은 지금 지구의 행성 코어가 그런 상황에 있으니까 인간, 아니, 크라딧의 능력으로 그걸 공략하는 것이 가능하다고 보는 겁니까?"

"뭐 그렇다고 하더군."

세현의 물음에 태극 길드 마스터는 고개를 끄덕였다.

그러면서 말을 이어갔다.

"하지만 여기서 중요한 것은 크라딧이 왜 그렇게 지구의 행성 코어에 집착하느냐 하는 문제지."

"그렇군요. 그들이 무슨 이유로 그런 거죠?"

행성 코어에 대한 이야기에 충격을 받아서 정작 그 이야기가 나왔던 이유를 잊고 있었던 세현은 크라딧들이 행성 코어를 노리고 있다는 사실을 떠올렸다.

"돌연변이 때문이네."

태극 길드 마스터가 간단하게 대답했다.

하지만 그 대답이 세현의 의구심을 풀어줄 수 없음은 당연했다.

"그런 말씀으로 제가 상황을 이해할 수 있겠습니까?"

세현이 마치 놀림을 당한 것처럼 기분 나쁜 표정을 지으며 뾰족한 목소리로 말했다.

"하하, 미안하네. 하지만 말 그대로 돌연변이 때문이 크라딧이 행성 코어를 노리는 것은 분명하네."

"음, 중요한 것을 놓쳤군요. 그 돌연변이라고 하는 거, 어떻게 변하는 겁니까?"

세현이 물었고, 그 물음에 태극 길드 마스터는 당연히 그게 중요한 거라는 듯이 슬쩍 웃으며 고개를 끄덕였다.

"크라딧들의 몸이 일부분이 에테르 기반 생명체의 특성마냥 변하고 있네."

태극 길드 마스터가 결국 크라딧들의 돌연변이 현상을 간략하게 알려주었고, 세현은 마치 못 들을 이야기를 들은 것처럼 딱딱한 표정으로 한동안 말이 없었다.

"에테르 기반 생명체가 아닌 존재가 에테르 기반 생명체로 변하고 있다는 겁니까?"

잠시 후 태극 길드 마스터에게 확인하듯 물어보는 세현의 목소리는 믿기 어렵다는 기색이 역력했다.

"사실이네. 죽은 크라딧의 사체 일부에서 그런 현상이 벌어져서, 포로가 되었거나 혹은 귀순한 크라딧을 대상으로 검사를 했는데 같은 결과가 나왔어. 그들은 에테르 기반 생명체, 즉 몬스터처럼 변하고 있었네."

"미치겠네. 어떻게 그런 일이……. 아니, 그런데 그거하고 지구의 행성 코어를 노리는 것과 무슨 상관이 있습니까?"

세현이 이해가 되지 않는 표정으로 물었다.

"지구의 행성 코어에는 지구의 모든 것이 담겨 있다는 거지. 이를테면 그중에는 인류의 설계도도 있을 거란 말이지."

"설계도요?"

"말이 그렇다는 거지. 어쨌거나 인간들 역시 지구의 행성 코어에서 태어난 존재임은 분명하니 그 행성 코어에서 크라딧의 돌연변이 현상을 고칠 수 있는 답이 있을지도 모른다는 것이 그들의 생각이지."

"그래서 크라딧이 죽어라 하고 지구를 공격하고 있다고요?"

"이대로 시간이 흐르면 크라딧 전체가 에테르 기반 생명체가 될 수도 있으니까 다급한 거지."

세현은 태극 길드 마스터의 말이 더 이상 귀에 들어오지 않았다.

지금 당장 크라딧 돌연변이 형상을 생각하는 것만으로도 머리가 복잡하기 짝이 없었다.

크라딧? 행성 코어? 테멜 매개체? 어쩔?

"한 가지 궁금한 것이 있습니다."

세현이 잠깐 생각에 잠겼다가 다시 태극 길드 마스터를 보며 말했다.

"뭔가?"

"크라딧, 그들이 지구에 올 방법이 있습니까?"

세현은 지구에 올 수 없는 크라딧이 지구를 노린다는 사실이 이해가 되지 않았다.

그들이 가지고 있는 천공기는 이미 그 좌표가 흐트러져서 지구로 복귀할 수 없게 되어 있었다.

거기다가 그들은 자신들의 천공기를 이면공간 통로를 이용하기 위한 통행 장치로 변조했다.

원래부터 지구로 돌아올 방법이 없어진 천공기였지만 거기에 다시 개조를 함으로써 결국 천공기의 기능은 완전히 사라진 것으로 알고 있었다.

그런 그들이 지구를 노린다는 것이 이해가 되지 않는 것이다.

"방법은 두 가지네."

"두 가지 방법이 있다고요?"

세현은 크라딧이 지구로 올 수 있는 방법이 둘이나 있다는 소리에 깜짝 놀랐다.

"하나는 몬스터들이 이면공간에서 지구로 오는 길을 통하는 방법이지. 알다시피 몬스터들 역시 이면공간에서 지구로 나타나곤 하니 말이야."

"흐음, 그런 방법이……."

"그 몬스터들의 통로는 아무래도 이면공간 통로와 똑같진 않지만 비슷한 것으로 파악이 되었다네. 그러니 크라딧이라도 충분히 사용이 가능한 것이지. 물론 그러자면 몬스터들의 이동통로를 파악하고 확보해야 하는 것은 물론이고, 몬스터와 비슷한 존재여야 한다는 것이 문제지만."

"크라딧은 이미 어느 정도 몬스터화된 육체를 지니고 있으니 그게 가능할 거란 말이군요."

세현은 크라딧의 돌연변이 형상이 그런 점에서는 그들에게 유리하게 작용함을 눈치챘다.

"그리고 두 번째 방법은 미래 길드의 이면공간 전송기일세."

"네? 우리 길드의 이면공간 전송이요? 그게 어쨌다는 겁니까?"

세현은 뜻밖의 말에 깜짝 놀랐다.

"사실 그 전송기는 헌터는 물론이고 일반인까지 모두 이면공간과 지구를 오가게 해주는 장치가 아닌가."

"그렇긴 합니다만……."

세현은 태극 길드 마스터의 질문에 답을 하면서 크라딧 역시 그 전송 장치를 충분히 이용할 수 있음을 깨달았다.

"물론 전송 장치의 이용은 굉장히 까다롭게 대상을 선정하고 있었네."

"으음."

태극 길드 마스터의 말은 현재형이 아닌 과거형이었다.

세현은 그 말만으로도 뭔가 문제가 생겼음을 짐작했다.

"전쟁이 벌어지면서 우리 지구 인류는 더 많은 전투 인원이 필요해졌다네."

태극 길드 마스터가 말했다.

"그래서요?"

"그러다 보니 전송 장치를 전 세계 곳곳에 설치하게 되었지. 거기다가 급하게 방어해야 할 이면공간이 있으면 어쩔 수 없이 헌터를 이동시킬 수 있는 전송 장치를 사용하게 되었고."

"가장 중요한 좌표 설정까지 꼼수를 쓰게 되었지요. 으드득."

세현은 어금니를 갈면서 태극 길드 마스터의 말을 중간에서 가로챘다.

사실 그 문제 때문에 고재한과 한바탕 다투기도 했었다.

세현은 이면공간 전송기를 될 수 있으면 한정적으로 공개하고 싶었다.

하지만 상황이 급하게 변하자 재한이 그 전송장치의 공급을 급격하게 늘렸다.

그런 중에 전송 장치의 짝이 되는 것을 먼저 이면공간에 가져다 두고 이쪽에서 전송 장치의 본체를 가동시키는 방법이 개발되었다.

그렇게 할 경우 자동적으로 짝이 되는 장치가 있는 이면공간의 좌표가 지구에 있는 본체에 등록이 되었던 것이다.

물론 이 때, 전송 장치의 본체는 그 이면공간으로 드나들 수 있는 입구에 있어야 한다는 조건이 있었지만, 이 조건이 문제가 되지는 않았다.

때문에 세현의 도움 없이도 이면공간 전송 장치가 대량으로 보급이 되었다.

세현이 지유에선으로 향하며 지구와 연결이 되지 않는 동안에 일어난 일이었다.

"그 때문에 이면공간 전송 장치에 구멍이 생겼지. 확실하진 않지만, 이미 다수의 크라딧이 지구상에 내려와 있는 것으로 짐작된다네."

"어떻게 된 겁니까?"

"알다시피 지구엔 크라딧을 돕는 이들이 제법 있다네. 사실 몇몇 길드는 겉으로는 그들과 전쟁하는 척하면서 속으로는 내통하는 이들도 있네. 발각된 길드 몇은 이미 정리했지만 그들이 전부는 아니겠지."

"기가 막히는군요."

세현은 허탈한 표정으로 쓴웃음을 지었다.

지구 인류의 생존이 달린 싸움이 벌어지는 중이었다.

에테르 기반 생명체는 그 근원부터가 지구상의 일반 생명체와는 달랐다.

그들은 에테르를 기반으로 존재하는 생명체이고, 그들의 궁극적인 목적은 행성 자체를 에테르 기반 세상으로 바꾸는 것이었다.

에테르가 가득한 행성, 그곳에선 에테르 기반 생명체 이외의 생명은 존재할 수가 없다.

그래서 에테르 기반 생명체와 지구의 생명체는 절대 함께할 수 없다고 하는 것이다.

그런데 그런 상황에서 크라딧을 돕는다는 것이 세현은 이해가 되지 않았다.

"너무 앞서가지 말게. 대부분의 사람은 크라딧이 에테르 기반 생명체라고 생각하지 않는다네. 그들은 그저 크라딧이 지구 인류 중에서 걷는 길이 다른 이들이라 생각할 뿐이지."

태극 길드 마스터가 세현의 생각을 짐작했다는 듯이 말했다.

"그렇군요. 그들은 에테르 기반 생명체가 아니지요. 제가 잠깐 착각을 했습니다. 크라딧 역시 인류의 적이라는 생각에 그들을 에테르 기반 생명체와 동일하게 여겼습니다."

세현이 정신을 차리고 태극 길드 마스터에게 사과를 하며 고개를 숙였다.

"뭐 따지고 보면 지금에 와서는 그들 크라딧을 지구 인류와 동류로 생각하기 어려운 것은 사실이지. 경우에 따라선 그들을 에테르 기반 생명체와 동류로 봐야 할 때도 있을 거네. 그들은 지구 인류 전체를 위험하게 만들고 있으니 말이네. 거기다가 지구 행성 코어까지 노리고 있지."

태극 길드 마스터 역시 크라딧의 처우에 대해서 확실한 결정을 내리진 못한 듯 보였다.

하지만 돌연변이 현상이 발견되면서 결국 크라딧을 지구 인류와는 따로 봐야 한다는 생각은 확실해진 것 같았다.

"돌연변이 현상, 그걸 사람들에게 알려야 하지 않습니까?"

세현은 그렇게 해서 지구 인류에게 크라딧에 대한 경각심을 확실하게 심어줄 필요가 있다고 생각했다.

그럼 크라딧을 돕는 이들의 수도 많이 줄어들 거라고 생각한 것이다.

"그 안건은 현재 논의 중이니 오래지 않아서 그렇게 되겠지. 하지만 얼마나 효과가 있을지는 알 수 없다네."

"네? 그게 무슨 말씀입니까? 효과가 있을지 알 수 없다니요?"

"돌연변이 현상으로 크라딧의 신체 일부가 에테르 기반 생명체처럼 바뀌고 있지만 그 덕분에 그들의 능력은 더욱 강해지고 있다네. 이상하게도 돌연변이 현상이 많이 진행이 될수록 에테르 운용 능력이나 축적 능력이 향상되는 것이지."

"음."

"그렇다고 돌연변이 현상이 벌어진 몸이 겉으로 보기에 크게 변형이 생기는 것도 아니라네."

"그러니까 돌연변이로 몬스터화된 팔이나 다리가 겉으로 보기엔 평범한 사람의 그것과 비슷하다는 말입니까?"

"그렇지."

"그래서 돌연변이라고 아무리 이야기를 해도 믿지 않을 거란 말이군요?"

"아니네. 공신력 있는 기관들이 나서서 증거를 내세우며 홍보를 하면 믿기야 하겠지. 하지만 몸의 일부가 변하면서 강력한 능력을 지니게 되었다고 그들을 배척하기엔 우리가 경험한 이종족들이 너무 많지."

"그렇군요."

태극 길드 마스터의 말을 세현은 쉽게 이해했다.

이종족 중에는 정말 기괴하게 생긴 종족도 많았다.

그런 이종족도 인간 종족의 포함시켜서 교류를 했던 마당에 겉보기엔 지구 인류와 차이가 없는 크라딧을 군이 배척할 이유가 없다고 생각할 사람이 많을 거란 소리였다.

완전히 몬스터가 된 것도 아니지 않은가.

"의료 기술과 에테르의 결합으로 우리는 끊어진 팔다리도 다시 만들어 붙이고 있네. 그런 중에 몸에 약간의 돌연변이가 있다고 그들을 타종족 취급을 하는 것에 반발할 이들도 많을 거네."

"휴우, 어렵군요. 그래도 에테르 기반 생명체로 변해가는 상황이라면 당연히 교류를 끊어야 하지 않습니까. 더구나 그들은 지금 이 순간도 인류의 적으로 규정된 대상입니다."

세현이 한숨을 지었다.

"사람들의 생각이란 하나가 되기 어렵지. 백인백색의 생각을 가지고 있는 것이 사람 아니겠나."

"그래서 지금 지구에 크라딧들이 들어와서 숨어 있다는 소리 아닙니까. 거기다가 그것들이 지구의 행성 코어를 노리고 있고요!"

"진정하게. 지금 이렇게 화를 낸다고 수가 생기는 것도 아니지 않나. 그리고 행성 코어는 쉽게 찾을 수 있는 것이 아니네. 자네가 말한 대로 행성 코어는 다르게 말하면 신(神)이라고 할 수 있으니 말이네. 지금 지구에 들어온 크라딧들도 무슨 방법을 찾은 것은 아니라네. 그저 들어와서 숨었을 뿐이지."

태극 길드 마스터의 말에 세현은 가까스로 폭발하려는 감정을 조절했다.

"모르겠습니다. 이미 다 벌어진 일인데, 제가 할 수 있는 일이 뭐가 있겠습니까? 하하하."

세현은 헛웃음을 지으며 상 위에 놓여 있는 물 잔을 급하게 기울였다.

그리고 한 잔 물로 속을 달랜 세현이 태극 길드 마스터를 쳐다봤다.

"…할 말이 있으면 하게. 들어줄 테니까."

"별로 할 이야긴 없습니다. 결국 크라딧 놈들이 악착같이 전쟁을 벌이고 있는 이유도 그것 때문이겠군요? 지구에 그들의 일부를 잠입시키기 위해서 말입니다."

"그럴 거라고 생각하네. 그러면서 지구와 연결된 1차 이면공간 몇을 확보하려는 이유도 있겠지."

"1차 이면공간이 있어야 지구로 들어오는 것이 가능하니까요?"

"그렇지. 그렇게 확보한 이면공간을 자신들과 연결된 길드가 관리를 하고, 그곳에 이면공간 전송 장치를 놓으면……."

"언제 어느 때든 얼마든지 원하는 인원을 지구로 투입하는 것이 가능하다는 거군요. 그리고 그렇게 말씀을 하실 정도면 지금 우리 미래 길드에서 나간 전송 장치 중에서 분실된 것들이 있다는 말씀이고요?"

"철저하게 관리했기 때문에 분실로 잡힌 것은 없네. 하지만 파괴는 제법 있지. 그런데 그 파괴된 것 중에 몇 개는 아까 이야기했던 그들, 크라딧과 내통하고 있던 길드에 대여된 것인 게 문제지. 다행히 그들 길드는 모두 정리되었지만 말일세."

"도대체가……."

세현은 말을 잊지 못했다.

태극 길드 마스터와 이야기를 하면 할수록 황당한 말이 이어지는 것이다.

아마도 태극 길드 마스터는 세현과 이야기를 하면서 세현이 받을 충격을 조절하고 있는 것이 아닌가 싶었다.

만약 세현이 모든 이야기를 한꺼번에 들었다면 무슨 사단이 나도 분명히 났을 터였다.

세현의 분노가 폭발을 했을 테니.

"진절머리가 나는군요. 아주 삽질이란 삽질은 있는 대로 다 하고 있는 것 같군요."

세현은 지금까지 전해 들은 상황에 정이 떨어지는 것을 느꼈다.

실망감이 세현의 마음을 가득 채웠다.

그런데 문제는 그 실망을 누구에게 표현을 해야 할지 알 수가 없다는 것이었다. 문제의 원인이 되는 크라딧의 동조자들, 혹은 스파이들을 특정할 수가 없는 것이 문제였다.

마치 지구 인류 전체가 크라딧의 편이 아닌가 하는 생각까지 들 정도였다.

"…모르겠습니다. 제가 뭔가 할 수 있는 상황은 아니군요. 지구에 숨어 들어온 크라딧을 제가 찾을 수 있는 것도 아니잖습니까. 일단 이면공간 전송 장치는 더 이상 보급하지 않을 겁니다. 이미 퍼진 것만으로도 충분하다는 생각이 드는군요. 그리고 저는 다시 지유에선으로 갑니다. 차라리 그곳에 집중을 하는 것이 정신 건강에 좋겠습니다. 뭐 이곳의 일이야 잘난 양반들이 많으니 그들이 알아서 하시겠지요."

"화내지 말게. 자네가 화를 내고 돌아서면 정말 곤란하다네."

태극 길드 마스터가 세현을 진정시키기 위해서 다급하게 말했다.

세현은 뚱한 표정으로 그런 태극 길드 마스터를 쳐다봤다.

"제가 굳이 필요한 이유가 있습니까? 이젠 전송 장치도 넉넉하실 텐데요?"

사실 세현이 생각하기에 자신이나 미래 길드가 내놓을 것은 더 이상 없다 싶었다.

"자넨 지금까지 자네가 해왔던 일들의 가치를 너무 낮게 생각하고 있어. 전송 장치는 물론이고 이면공간 통로와 통행증의 발견과 보급도 자네의 힘이었네. 물론 크라딧이 먼저 이용하고 있기는 했지만 자네 역할을 폄하할 수는 없지."

"그래서요?"

"자네는 굉장한 일을 했고, 앞으로도 그럴 가능성이 높은 사람이지. 그러니 모두들 은연중에 자네를 신경 쓰는 거라네. 그러니 우리 모두는 당장 이번 일로 자네가 등을 돌리는 일이 없기를 진심으로 바라네."

태극 길드 마스터는 그렇게 말을 하며 살짝 고개를 숙였다.

세현은 그런 그의 정수리 가마를 쳐다보았다.

Chapter 8

대우 부족의 보이콧에는 이유가 있다

"오셨습니까? 대장님."

세현이 콩쥐의 도움을 받아서 지유에선에 도착하자마자 기다리고 있었다는 듯이 현필이 세현을 맞이했다.

"어쩐 일입니까? 여길 지키고 있었습니까?"

세현은 그런 현필을 의아한 눈빛으로 바라봤다.

지유에선에 세현이 귀환 지점으로 정해 놓은 곳은 팀 미래로의 숙영지 중앙에 커다란 천막으로 가려놓은 곳이었다.

안쪽에 아무것도 없이 텅 비어 있는 상태로, 될 수 있으면 누구도 천막에 드나들지 말라는 명령을 내려놓았는데, 현필이 천막 안에서 세현을 맞이한 것이다.

"대장님이 도착한 것을 다른 사람들이 알기 전에 일단 상황부터 알려드려야 할 것 같아서 교대로 여길 지키고 있었습니다."

세현의 의구심을 짐작한 듯이 현필이 자신이 천막 안에 있는 이유를 설명했다.

"뭔가 변화가 있었던 모양이군요?"

세현이 물었다.

"타모얀의 대우 부족 파견자들이 속속 모여들고 있습니다. 지금까지 여섯 명이 모였습니다."

"음, 여섯이라… 야울스 님까지 포함한 겁니까?"

"네, 야울스 님까지 여섯입니다. 그런데 상황이 좋지 않습니다."

"네? 상황이 좋지 않아요?"

세현은 걱정스러운 표정을 드러내는 현필을 보며 그가 없는 동안에 뭔가 상황이 변했다는 것을 알았다.

"새로 합류한 타모얀들이 우리들을 적대적으로 대하고 있습니다."

"적대적이요? 어째서요?"

"처음에는 그렇지 않았는데 네 번째 파견자가 도착한 후부터 태도가 바뀌었습니다. 야울스 님의 말로는 그 파견자가 지구 출신과 마찰이 있었다고 합니다."

"지구 인류와 마찰이요?"

"그가 나타난 후로 좀처럼 교류를 할 수가 없어서 상황을 제대로 알 수는 없지만, 아무래도 그 네 번째 파견자가 지구 출신 천공기사에게 좋지 않은 경험을 한 것 같습니다."

"흐음."

세현은 현필의 말에 살짝 인상을 찌푸렸다.

이면공간에서는 의외로 개인의 행동을 그 개인이 속한 종족 전체와 연관 지어 판단하는 경우가 많았다.

"어떤 인간이 무슨 짓을 했는지 모르지만, 아주 안 좋은 인상을 심어준 모양입니다."

"그것 참 곤란하군요."

"그나마도 진강현이란 이름 때문에 저쪽에서도 많이 참고 있는 모양입니다."

"형의 도움을 받고 있는 셈이네요."

"그래서 대장님이 오시길 기다렸습니다. 그래도 진강현 천공기사님의 동생이시니 저쪽에서도 대화를 할 가능성이 높지 않겠습니까."

"그런 상황을 알려주려고 여기서 기다렸다는 거군요?"

"아무것도 모르고 밖으로 나갔다가 그들과 마주하게 되면 당황하실 테니까요."

"그렇군요. 고맙습니다. 자, 일단 천막을 나가기 전에 대원들을 모두 소집해 주십시오. 지구에서 벌어지고 있는 일들에 대해서 알려줄 것이 있습니다."

세현은 일단 천막 밖으로 나가는 것을 보류하고, 팀 미래로의 대원들에게 지구 소식을 먼저 전하기로 했다.

겉으로 표현하지는 않아도 팀 미래로의 대원 모두가 지구에 대한 궁금증을 한가득 가지고 있을 터였다.

온스 종족인 호올이나 포레스타 종족인 메쾌스는 조금 다를지 몰라도.

*   *   *

"우리들은 인류의 존속을 위해서 많은 일을 하고 있다."

"이 우주에서 에테르 기반 생명체와 우리 인류의 생존 투쟁은 오랜 역사를 가지고 있지."

"그 역사에서 우리 타모얀의 대우 부족은 언제나 선두에서 적들과 싸워 왔다."

"때문에 우리는 모두에게 인정을 받고 인류의 스승이자 구원자이며 영웅이 되었다."

"우리 대우 부족은 그런 부족인 것이다."

"그런 우리 부족을 능멸하고 이용하려 한 것이 너희 지구 인간들이다."

"우리는 그와 같은 지구 인간들의 행태를 용서할 수 없다."

세현이 야울스를 비롯한 대우 부족의 파견자들을 만났을 때, 그들의 태도는 확실하게 정해진 듯했다.

그들은 팀 미래로와 함께하지 않겠다는 결정을 내린 것이다.

"저는 대우 부족이 이 우주에서 어떤 위상을 지니고 있는지는 모르겠습니다만."

세현이 그런 그들을 향해서 이렇게 말을 시작했을 때, 야울스를 포함한 여섯 파견자들의 인상은 잔뜩 찌푸려졌다.

자신들을 알지 못하는 것에 대한 불쾌감이 드러난 것이다.

"제가 의아한 것은 제가 야울스 님을 만났을 때, 야울스 님께서는 대우 부족이 가지고 있는 자부심에 대해서 말씀하시지 않았다는 겁니다. 그때에도 우리 팀 미래로는 타모얀의 대우 부족이 이 우주에게 얼마나 높은 위상으로 대우받는지 몰랐고, 그래서 보통 때와 다름없이 야울스 님을 대했습니다. 하지만 그게 문제가 되지는 않았지요."

세현의 시선이 여섯 대우 타모얀을 순서대로 훑고 지나갔다. 여섯 명의 대우 타모얀은 그런 세현의 시선을 피하지 않고 마주 보았다.

"그런데 제가 잠시 고향에 다녀온 사이에 여러분의 태도가 완전히 바뀌었습니다. 어디선가 우리 지구 출신의 누군가에게 무시를 당했는지 혹은 사기를 당했는지 모를 일을 겪은 분이 있다는 이유만으로요."

세현은 다시 한 번 여섯 대우 타모얀을 쳐다봤다.

"솔직히 말씀을 해주십시오. 이유가 뭡니까?"

세현은 분명히 뭔가 다른 이유가 있다고 생각했다.

이전까지 전혀 문제가 되지 않았던 것을 빌미로 삼아서 팀 미래로를 배척하는 것은 이해가 되지 않았다.

지구 출신의 누군가를 만나서 불쾌한 경험을 했다고 하더라도 팀 미래로를 그와 연관지어 이야기하는 것은 근거가 부족했다.

"커엄, 다른 이유는 없다. 지구의 인간 종족은 믿을 수 없는 종족이란 결론을 내렸을 뿐이다."

"그것이 우리, 파견자의 공통된 의견이다."

"그러니 너희는 너희 갈 길을 가라."

"우리는 너희와 어느 것도 함께할 생각이 없다."

하지만 돌아오는 대답은 여전히 같았다.

세현은 뭔가 숨겨진 것이 있다고 느꼈지만 여섯 파견자에게 그 답을 얻기는 어려울 거란 사실을 깨달았다.

"네 번째 도착한 파견자를 따로 만나 봐야겠습니다."

세현이 팀 미래로의 대원을 모두 모은 상황에서 말했다.

"허허, 그 사람이 등장하면서 뭔가 바뀌었으니 그가 답을 가지고 있긴 하겠지만, 어떻게 만나시겠습니까? 이제 그들은 우리를 만나려고도 하지 않습니다만."

메콰스가 살짝 고개를 저으며 말했다.

그의 말대로였다.

대우 부족의 파견자들은 세현이 도착해서 한 차례 회동을 한 후에는 철저하게 팀 미래로와의 접촉을 피했다.

가까이 가려고 하면 적대적인 기세를 뿜어내며, 공격도 불사

하겠다는 의사를 분명히 표현했다.

이면공간에서 인간 종족들 사이의 다툼은 금지되어 있으니 직접적인 공격은 하지 못할 것이다.

하지만 자칫하면 접근을 거부하는 그들을 향해 다가가는 것이 도리어 그들에 대한 적대 행위로 규정될 수도 있었다.

이면공간의 관리 시스템은 충분히 그런 결정을 내릴 수 있는 존재였다.

거기다가 대우 부족이 남다른 위상을 지니고 있다면 그들과 충돌을 하는 것은 절대로 피해야 할 일이었다.

"맞습니다. 대장님, 억지로 뭔가를 하다가는 시스템의 경고 혹은 제약을 받을 수도 있습니다."

이춘길도 메쾨스와 같은 의견인 모양이었다.

"개인적인 만남을 요청해 보지요. 천공기사 진강현의 동생으로서."

세현은 어쩔 수 없이 형의 이름을 이용하기로 결심했다. 그리고 진강현의 이름을 내걸고 요청한 면담은 네 번째 파견자의 승낙을 얻어 냈다.

"나는 너를 만나고 싶지 않았다. 하지만 진강현의 이름을 내세우니 어쩔 수 없었지. 하지만 내가 너를 만났다고 해서, 네가 원하는 것을 줄 거라는 기대는 하지 마라. 내게서 뭔가를 얻기는 쉽지 않을 거다."

세현과 네 번째 파견자는 따로 떨어진 천막에서 단 둘이 만났다.

"알겠습니다. 그렇게 하시겠다면 제가 말릴 수는 없겠지요. 하지만 꼭 묻고 싶은 것이 있습니다."

"들어 보지."

세현의 말에 네 번째 파견자는 탁자 너머에서 팔짱을 끼고 세현을 쳐다봤다.

"테멜의 입구가 되는 매개체를 마지막으로 가지고 있던 것이 누군지 아십니까?"

세현이 그렇게 물었을 때, 팔짱을 끼고 있던 네 번째 파견자의 눈썹이 꿈틀거렸다.

그리고 그의 넓은 콧등에 송골송골 땀이 솟았다.

"알고 계시는 모양이군요. 혹시 그 당사자가 당신입니까?"

세현이 다시 물었다.

이번에도 네 번째 파견자는 아무 대답도 하지 않았다.

"아무리 생각을 해도 이해가 되지 않았습니다. 어째서 갑자기 타모얀의 대우 부족 여러분들이 우리를 배척하려는지 모르겠더군요."

세현은 그런 상대의 반응에는 아랑곳하지 않고 계속해서 말을 이었다.

"물론 당신이 돌아온 후에 변화가 생겼으니 당신에게 그 열쇠가 있을 거란 추측은 가능했지만 그렇다고 답이 나오는 것은 아니었지요. 물론 외부에서 지구 인간들을 만나서 좋지 못한 경험을 했기 때문이란 이유가 있기는 했지만 그건 너무 빈약한 이유였고 말입니다. 그러다가 문득 이런 생각이 떠올랐습니다. 야울스 님께서도 잘 모른다고 했던 과거의 상황에 뭔가 있지 않을까하고요. 그 테멜의 매개체를 파괴해야 했던 그때, 뭔가 있지 않았을까하는 생각이 들었다는 겁니다."

"……."

세현은 여전히 말이 없는 파견자를 쳐다봤다.

그는 말이 없었지만 이전과 달리 세현을 보지 않고 눈을 감고 있었다.

"우리를 떼어 놓으려는 이유가 뭔지 모르지만, 아마도 그 당시에 테멜의 매개체를 파괴할 때 뭔가 있었겠지요. 그리고 그걸 우리에게 알려주고 싶지 않았을 것이고 말입니다. 아마도 그건 당신, 혹은 당신들의 치부(恥部)가 되겠지요. 아닙니까?"

세현의 말투는 이제 추궁에 가까워지고 있었다.

"나도, 우리도 부끄러울 일은 없다."

세현의 말에 입을 다물고 있던 그가 드디어 대꾸를 했다.

"부끄러울 일이 없는데 어째서 우리를 배제하려고 한 겁니까?"

세현이 따지듯이 물었다.

"위험하기 때문이다."

세현의 말에 이젠 어쩔 수 없다는 표정으로 그가 말했다.

"위험하다고요?"

"생각보다 이번 일이 쉽지 않을 것이기 때문이다. 그때, 매개체를 파괴한 것이 나였던 것은 분명하다. 하지만 그 장소는 다른 이들이 알고 있던 곳과는 차이가 있다."

"여기가 아니란 겁니까?"

"아니, 위치는 거의 동일하다. 하지만 내가 그것을 파괴한 곳은 고정형 테멜 안이었다."

"테멜 안이었다고요?"

"이동형 테멜을 소지한 상태로 또 다른 테멜 안에 들어갔다는 소리다. 그곳에서 결국 궁지에 몰린 나는 우리 부족의 테멜 매개체를 파괴할 수밖에 없었다."

"그래서 그 고정형 테멜이 위험하다는 겁니까?"

세현이 물었다.

"당시의 그 테멜은 미로형의 중급 규모 정도였다. 테멜 자체로는 위험한 것이 아니지."

"그런데 왜 우리를 떼어 놓으려 한 겁니까?"

"그사이에 그곳은 몬스터 놈들의 점령지가 되었다. 당연히 그 미로 테멜을 놈들이 차지하고 요새화했을 것이다. 거기다가 테멜의 규모를 더 키웠을 수도 있고."

"일반적인 필드와는 전혀 다른 곳이 되었을 거란 말이군요. 그래서 위험한 곳이 되었고."

"맞다. 그래서 우리는 너희를 우리의 일에서 빼기로 한 것이다. 특히 너! 너는 진강현의 동생이라고 들었다. 진강현이 우리 일족에게 베푼 은혜를 생각해서라도 너를 위험에 빠뜨리게 할 수는 없었다. 그래서 너희를 쫓아내기로 한 거다."

"그런다고 우리가 쉽게 물러날 거라고 생각한 것은 아니지요?"

세현은 어처구니가 없다는 듯이 물었다.

"사실 야울스가 강력하게 주장한 일이어서 우리도 동참을 하긴 했지만 힘들 거라고 생각하긴 했다."

네 번째 파견자가 팔짱을 풀며 팔을 좌우로 벌려 보이며 한숨을 길게 쉬었다.

일이 이렇게 되었으니 포기하겠다는 뜻이었다.

세현은 그런 모습에 슬슬 고개를 저었다.

'그나저나 테멜이라고?'

세현은 파견자와는 다른 의미로 고개를 저었다.

확실히 생각지도 못했던 상황이기는 했다.

몬스터 영역으로 들어가다

몬스터는 인간에게 적대적이다.

몬스터는 에테르 기반 생명체를 이루는 하위종들이다.

그 위로 특이 몬스터에 해당하는 마가스가 있고, 그 위로 마가스와 몬스터를 통제하는 능력을 지닌 폴리몬이 있다.

세현과 팀 미래로는 열 명의 대우 부족 파견자와 함께 몬스터들의 영역으로 들어갔다.

세현이 네 번째로 합류한 파견자 토울스와 대화를 하고, 결국 대우 부족 파견자들의 진의가 세현 일행을 보호하기 위함이었다는 드러난 후, 네 명의 파견자가 더 모였다.

그렇게 열 명의 파견자가 모이자 그들은 곧바로 몬스터 영역으로 들어섰다.

원래 파견자의 수는 그보다 많았지만 아직 도착하지 못한 이들을 기다리자는 소리는 하지 않았다.

부족이 거하고 있는 테멜의 매개체가 생성될 때에 맞춰서 목적지까지 도착을 하는 것은 물론이고 일정 영역을 확보해야 하는 문제가 있었기 때문이었다.

"그때, 왜 테멜 안에 있는 부족원을 불러내지 않은 겁니까?"

세현이 토울스에게 물었다.

둘은 오래를 푼 그 대화 이후로 제법 친하게 지내고 있었다.

"그게 이야기하자면 복잡한데, 사실 우리 테멜의 핵이 되는 코어에 문제가 좀 있었어. 우리의 테멜은 꽤나 등급이 높은 곳이거든. 규모가 큰 대륙 하나를 품고 있는 테멜이란 말이지."

"대륙 하나요?"

"그래. 굉장한 거지. 아마 우주 전체에서도 그 정도 크기의 공간을 지닌 테멜은 많지 않을 거야. 물론 행성 이상의 크기를 품고 있는 것도 있긴 하지만 그렇다고 해서 우리 부족의 테멜이 작다고는 할 수 없지."

"대륙 크기라니 당연하지요. 그걸 어떻게 작다고 하겠습니까?"

"음, 맞아. 그런데 그게 사실은 처음부터 그 크기는 아니었어. 우리 테멜의 코어를 성장시켜서 그렇게 만들어낸 거지."

"이면공간을 성장시키는 것과 비슷한 모양이군요."

"맞아. 그런 거지. 하지만 그렇게 성장을 시키면서 문제가 생긴 거야."

"문제요?"

"음, 이걸 이해할 수 있을지 모르지만 테멜이나 이면공간을 유지하는 코어는 굉장히 복잡한 놈이야. 사실 그게 그 공간 전체를 유지하는 거잖아. 지형은 물론이고 대기의 조성과 유지도 코어가 관여하지. 또 에테르 기반 생명체들을 만들어내는 것도 코어야. 아무튼 그 엄청난 일들을 코어가 하고 있다는 거지."

"이해해요. 우리도 그에 대해서 무척 많은 관심을 가지고 있지요. 그래서 우리 지구에서는 그 코어가 실제로 굉장히 발달한 프로그램이 아닐까하는 생각을 하고 있어요."

세현은 코어 안에 엄청난 수준의 프로그램이 들어 있어서, 그것에 따라서 이면공간이나 테멜을 통제하는 것이 아닌가 하는 가설을 어느 정도 인정하는 편이었다.

"프로그램이라… 뭐 단세포 생명체와 우리 같은 인간 종을 같은 생명체라고 한다면 코어에 깃든 것을 프로그램이라고 할 수는 있겠지."

토울스는 그렇게 말을 하면서도 코어를 프로그램 덩어리로 이해하는 세현의 생각을 정정해 줄 필요는 느끼지 않는 듯이 보였다.

"아무튼 그래. 프로그램이라고 치자고. 조금 더 나가서 엄청난 수준의 프로그램이라고 말이야. 그래, 그런데 그걸 성장시키는 중에 문제가 생겼어. 이를테면 버그 같은 것이 생겼다고 할까? 아니면 프로그램의 일부 기능이 누락된 상황이라고 할까. 그런 일이 벌어진 거지."

"그래서 전사들을 투바투보로 보내서 코어의 정수인가 하는 것을 구했던 겁니까?"

"맞아. 그거야. 코어의 정수이 필요했지. 그 코어의 정수는 말하자면 백신이나 치료제 같은 거야. 코어에 생긴 문제를 진단하고 치료하는 거지. 물론 우리 테멜 코어의 문제를 일단 알려줘야 거기에 맞는 코어의 정수을 얻을 수 있지. 그것 때문에 비용을 마련하느라 우리 전사들이 고생이 많았어. 뭐, 세상에 공짜는 없는 거니까 어쩔 수 없는 일이었지."

토울스는 어깨를 들썩거려 보이며 말했다.

세현도 공짜가 없다는 그의 말에 동의한다는 듯이 풀썩 웃었다.

"그럼 그때, 우리 형이 도움이 되었다는 건가요?"

"진강현? 당연하지. 그들 부부가 없었다면 그때 우리 부족의 전사들이 전멸을 했을지도 모르지. 그리고 그렇게 되었다면 코어의 정수를 시간 안에 확보하지 못해서 우리 테멜에 큰 문제가 생겼을 수도 있고 말이야."

토울스는 그렇게 말하며 고마움을 숨기지 않았다.

"그런데 형수는 어떤 사람이었습니까?"

세현이 토울스에게 한 번도 보지 못했던 형수에 대해 물었다.

"응? 형수? 진강현의 반려? 하하핫, 그야 뭐 굉장히 강한 전사라고 해야겠지? 확실히 그분의 도움이 없었다면 곤란했을 테니까 말이야."

"그분이요?"

세현은 자신의 형은 진강현이라고 부르면서 형수에겐 그분이라고 하는 토울스의 말에서 뭔가 이상함을 느끼며 되물었다.

"음? 아! 그게… 진강현이야 우리 친구니까 그냥 불러도 되지만 그 반려는 좀 다르니까 말이야. 하하하. 그런 거네, 그런 거야."

어쩐지 강요하는 듯한 토울스의 말이지만 세현은 더 묻지 않았다.

토울스가 그에 대해선 더 묻지 말라는 기운을 풀풀 날리고 있었기 때문이었다.

'우리 형수가 무서운 사람인 건가?'

세현은 잠시 그런 생각을 하다가 고개를 저었다.

지금은 현실에 집중할 때였다.

'꼽쥐'가 보여주는 미니맵에 사방에서 몰려드는 빨간 점들이 보이고 있었다.

"몬스터가 사방에서 몰려옵니다!"

세현이 고함을 질렀다.

그리고 다시 팀 미래로를 통솔하기 시작했다.

"수가 많으니 모두 방어 대형을 갖추고 대기!"

세현의 고함에 팀 미래로의 대원들이 일사불란하게 움직였다.

조금 전까지는 조금 방만한 듯 보였던 그들이 실전에 들어서자 칼 같은 군기를 보여주고 있었다.

"우라차차차!"

후우웅! 콰드득!

시퍼런 강기를 두른 도끼가 전갈의 몸통에 사마귀 앞다리를 붙여놓은 듯한 몬스터의 머리를 깨부순다.

퍼버버벙!

그와 동시에 그 도끼의 주인에게 달려드는 또 다른 털북숭이 덩치 몬스터는 후방에서 날아온 원거리 공격에 몇 걸음을 밀려나며 포효를 터뜨렸다.

쿠콰콰콰콰 쿠오오오!

"저걸 잡아! 표시가 떴다!"

이리저리 복잡하게 진행되는 혼전 속에서도 어김없이 세현의 징표가 떠오르면 근처에 있던 이들이 그 몬스터를 집중 공격해서 무너뜨린다.

그것이 효율이 높다는 것을 아는 까닭이다.

어떻게든 조금이라도 숫자를 빠르게 줄이는 것이 몬스터들의 공격을 막아내는 최선이니 자연스럽게 쉽게 죽일 수 있는 놈을 먼저 처리한다.

그 사이에 세현의 앙켑스에 당한 또 다른 몬스터들도 조금씩 에테르 스킨이 깎여 나가고 있다는 것을 모두가 알고 있다.

콰과광!

터더덩! 차장! 츠릿, 콰작!

열 명의 대우 타모얀 파견자는 하나같이 뛰어난 전사였다.

그들 중 여덟은 앞에서 몬스터들과 육박전을 치르는 근접전투에 능했고, 나머지 두 명은 동족을 지원하는데 특화되어 있었다.

세현이 앙켑스로 대상의 회복 속도를 급격하게 높일 수 있는 것과 비슷하게 두 명의 대부 부족 파견자들은 자신들의 동족에 한해서 엄청난 회복 능력을 부여했다.

외상은 물론이고 내상의 경우에도 그들이 뿜어내는 갈색의 에테르가 부상자를 휘감으면 언제 그랬냐는 듯이 벌떡 일어날 정도였다.

콰과광! 카가가가각!

"크으, 이게 제법 펄떡거리는데?"

야울스가 도끼의 넓은 옆면을 이용해서 몬스터의 공격을 막아내며 신음을 흘렸다.

키가 2미터 50센티미터에 이르는 야울스보다 머리 둘 이상은 더 큰 털북숭이 거인 몬스터가 야울스의 상대였다.

목부터 시작해서 가슴을 지나 아랫배까지 이어지는 몬스터 패턴은 굉장히 크고, 복잡하고 또 화려했다.

그것만으로도 그 몬스터가 일반적인 몬스터가 아닌 특이 몬스터란 사실을 짐작할 수 있었다.

"아무튼 마가스, 이것들이 무식한 것은 알아줘야 해! 퉤!"

야울스가 먼지 가득한 침을 뱉어 내고는 다시 몬스터를 향해서 도끼질을 시작했다.

새파란 강기, 그 끝에 희미하게 하얀 선이 그어져 있었다.

그 때문인지 몬스터는 야울스의 공격을 받을 때마다 움찔거리며 동작이 느려지곤 했다.

세현은 멀리서 그 모습을 보면서 야울스의 강기 끝에 드러난 그것이 일종의 냉기 속성을 지녔다는 사실을 알아봤다.

에테르를 이용해서 강기를 만드는 것을 넘어서 그 강기에 속성을 부여한 것이다.

그 새로운 활용법에 세현의 호기심이 동하지 않을 수 없었다.

쿠오오오오오! 쿠롸롸! 쿠오오오오.

"제기랄, 또 오는 건가?"

멀리서 들리는 몬스터의 포효 소리에 세현의 곁에서 활을 쏘던 이춘길이 평소에 보이지 않던 짜증스러운 반응을 보였다.

그도 그럴 것이 얼마 전부터 이춘길이 사용하던 화살이 바닥을 보이기 시작했다.

궁수인 그는 화살이 없으면 그의 전력은 절반 정도 떨어진다고 할 수 있었다.

급한 경우에는 자신의 에테르를 이용해서 화살을 만들어 쏠 수 있지만, 그 에테르 화살의 위력은 평소 화살에 강기를 덧씌우는 것에 비하면 떨어졌다.

도리어 그렇게 에테르를 낭비하다 보면 결국 아무것도 할 수 없는 상태가 되고 만다.

그때는 검을 들고 나서야 하지만, 그래선 궁수로서의 이춘길에는 한참 못 미칠 것이 분명하다.

"춘길 씨는 좀 쉬어요. 화살을 아낄 필요가 있습니다. 일반 공격은 자제하고, 숨통을 끊는 마지막 공격에만 힘을 쓰십시오."

세현이 그런 이춘길에게 제한적인 공격 명령을 내렸다.

에테르 스킨을 가지고 있는 몬스터에 대한 공격을 자제할 것을 요구한 것이다.

어차피 에테르 스킨은 세현의 앙캡스에 의해서 깎여 나가게 되어 있었다.

그러니 화살을 소비하면서 에테르 스킨을 깎기 위해 애를 쓸 이유가 없는 것이다.

이춘길을 세현의 말에 고개를 끄덕이고 신중하게 활에 화살을 걸었다.

"허허, 그래도 생각보다 몬스터들의 수가 적은 것 같습니다. 안 그렇습니까?"

메콰스가 세현의 곁으로 다가왔다.

메콰스는 전투에선 크게 활약을 하지 않았다.

전투력이 전혀 없는 것은 아니지만, 포레스타 종족답게 전투 능력이 현저하게 떨어지기 때문에 그는 오랜 세월을 이면공간에서 살아온 경험으로 일행들에게 조언을 해주는 역할을 주로 맡았다.

"몬스터의 수가 적다고요?"

세현은 메콰스의 말을 듣고 지금처럼 몬스터가 몰려오는 상황에서 그게 맞는 말인가 의심스러웠다.

"그렇습니다. 처음에야 몬스터들의 수가 굉장히 많았습니다만, 그 후에 이곳으로 충원되는 몬스터들은 점차 수가 줄고 있습니다."

세현은 메콰스의 말에 정말 그런가 생각을 해보고, 그 말이 옳다는 것을 알았다.

"먼 곳에서 오는 몬스터들이 많지 않다는 이야기군요."

"그렇습니다. 하지만 그게 거리 때문은 아닐 겁니다."

"거리 때문이 아니라니요?"

"먼 곳에서 오는 몬스터라고 하더라도 어차피 이 지역을 지배하는 고위 마가스나 혹은 폴리몬의 지배를 받는 것들이 아니겠습니까. 그런 것들이 거리 때문에 이곳으로 오지 않고 있다는 것은 말이 안 되지요."

"그 말씀은 다른 곳으로 간 몬스터도 있다는 말씀이군요?"

세현은 메콰스가 하고자 하는 말뜻을 알아들었다.

몬스터들이 이곳으로만 몰려들지 않는 것은 다른 쪽으로도 몬스터가 이동했기 때문이고, 그 말은 세현 일행 말고도 몬스터 영역을 공략하는 이들이 있다는 이야기였다.

"그럴 겁니다. 설마하니 일부러 조금씩 몬스터를 보내서 소비를 하려는 것이 아닐 테니 말입니다. 그런 멍청한 짓을 할 정도로 마가스나 폴리몬이 바보는 아니지요."

세현은 고개를 끄덕였다.

그러면서 다른 쪽에서 접근하고 있는 이들이 누굴까 무척 궁금했다.

크롸롸롸롸! 쿠와왕!

하지만 지금 당장 급한 것은 몰려드는 몬스터들을 정리하는 것이었다.

세현의 앙켑스가 다시 한 번 몬스터들에게 뿌려졌다.

다시 만난 진미선

"이상하군."

야울스가 어느 순간부터 주위를 살피며 불안한 듯이 말했다.

"확실히 그렇지? 이건 너무 약한데?"

그에 대해서 대우 부족의 다른 파견자들도 동감을 표시했다.

그들이 예상한 몬스터들의 저항은 이 정도가 아니었던 것이다. 그들이 비록 만반의 준비를 하고 들어왔다고 하지만 몬스터 영역의 중앙까지 이르기 위해선 훨씬 더 치열한 전투를 겪어야 할 것으로 예상했었다.

그런데 막상 뚜껑을 열어보니 초반에만 몬스터들의 위세가 등등했을 뿐, 이후에는 그리 어렵지 않게 목적지까지 뚫고 들어올 수가 있었다.

세현 일행과 대우 부족의 파견자 연합은 이제 목적지까지 얼마 남지 않은 상태였다.

"저 메콰스라는 포레스타 종족의 예상이 들어맞는 것일 수도 있겠어. 몬스터들이 우리보다 훨씬 더 위협적으로 느끼는 이들이 있겠지. 그러니 우릴 무시하고 그쪽 방어에 신경을 더 썼겠지. 그게 아니면 이렇게 쉬울 수가 없지."

"설마 그분께서 다른 쪽으로 움직인 건 아니겠지?"

파견자 중에 하나가 그렇게 물으며 동료들을 쳐다봤다.

"음, 그럴 수도 있지. 하지만 그건 좀 어렵지 않나? 그래도 그분의 신분이 있는데 그렇게 나서긴 어렵잖아."

"아니지. 혹시 우리도 모르는 사이에 이쪽에 그 정도 격이 있는 폴리몬이나 마가스가 있었다면 이야기가 다르지."

"가능성이 없는 이야긴 아니지. 우리 대우 부족을 봉인할 수 있다면 그 정도 존재들이 나서는 것도 이상할 것은 없으니까 말이야."

"그렇다고 하면, 우리가 나서는 것은 별 의미가 없지 않나?"

"하지만 그걸 확신할 수는 없으니 우린 우리가 해야 할 일을 할 수밖에. 그분께서 나섰다는 확신이 있더라도 우리가 에서 물러날 수는 없지."

"그래. 그 말이 옳아. 우린 우리 할 일을 하자고."

파견자들은 짧게 의견 교환을 하고는 결론을 내렸다.

조금 떨어져서 듣고 있던 세현은 그분이란 존재가 어쩌면 야울스가 말했던 '그분'과 동일 인물인지 모른다는 생각을 했다.

거기에 더해서 어쩌면 형의 부탁으로 자신을 도와주었던 그 대우일지도 모른다는 생각을 했다.

"저것이 테멜의 입구입니까? 무슨 소용돌이 같군요?"

세현은 땅에서 조금 떠 있는 잿빛 소용돌이를 보며 말했다.

그것은 묘하게도 어느 위치에서 보더라도 평면의 소용돌이 모양으로 보였다.

팀 미래로의 대원들이 빙 둘러서서 그것을 봐도 어느 위치에 있는 누구나 평면의 잿빛 소용돌이를 볼 수 있었다.

그 소용돌이는 마치 연기가 휘감겨 돌고 있는 듯한 모습이었다.

"그렇지. 저게 테멜의 입구야. 모든 테멜의 입구는 저렇게 생겼지. 다만 크기의 차이가 있을 뿐이야."

야울스가 세현의 물음에 답을 해줬다.

"저게 매개체가 없는 거라고요?"

"정확하게는 매개체 자체가 저 허공이라고 봐야지. 출입구의 좌표가 저기에 고정이 되어 있는 상태야."

"그래서 이동이 불가능하다는 거군요?"

"맞아."

"그리고 다른 경우는 어떤 사물에 좌표가 설정되어 있다는 거고, 그건 그 사물을 들고 움직이면 테멜 자체를 이동시킬 수 있다는 거고 말이죠?"

"그렇지. 어떤 경우에는 엄청난 크기의 바위 자체가 매개체가 된 경우도 있지. 그래도 그런 경우에도 바위를 옮기면 테멜도 옮길 수 있어서 이동형으로 분류를 하지. 어떤 경우에도 이동이 불가능한 이런 것만 아니면 말이야."

야울스가 눈앞에 있는 테멜의 입구를 가리키며 말했다.

"그런데 저 입구, 언제나 저렇게 열려 있는 건가요? 제가 듣기론 테멜의 입구는 닫혀 있는 경우도 있다고 하던데요?"

"고정형의 경우는 대부분 입구가 언제나 열려 있지. 하지만 이동형은 매개체에 적당한 조작을 가해서 입구를 여닫는 것이 가능해. 그게 또 이동형과 고정형의 차이이기도 하지."

"그렇군요."

세현뿐만이 아니라 팀 미래로의 대원 모두가 진지한 표정으로 야울스의 말을 듣고 고개를 끄덕이고 있었다.

"자, 그럼 입구가 열려 있으니 들어가 볼까?"

파견자 중에 하나가 커다란 양날 도끼를 굳게 잡으며 테멜 입구로 다가섰다.

그런 그의 얼굴에는 긴장이 역력했다.

테멜 입구로 들어가는 순간, 공격을 받게 되면 꽤나 곤란한 상황이 될 것이 분명했기 때문이다.

그래서 테멜을 공략하는 것은 어려운 일이다.

입구에서부터 교두보를 확보하는 일이 쉽지 않으니까.

"괜찮겠나?"

다른 파견자가 걱정스럽게 물었다.

"걱정하지 마. 내가 가진 능력을 알잖아. 적어도 몇 분은 확실하게 버틸 수 있어."

앞장서서 테멜로 들어가기로 한 파견자가 긴장된 얼굴에도 한줄기 웃음을 지으며 말했다.

그가 제일 먼저 진입하기로 한 것은, 그가 지닌 특이 능력이 방어에 특화되어 있기 때문이었다.

짧은 시간 동안에는 거의 무적이라고 할 정도로 강력한 방어막을 만들어낼 수 있는 그였다.

거기다가 그런 상태로 공격을 하는 데에도 지장을 받지 않으니 굉장한 능력이라 할 수 있었다.

다만 유지 시간이 짧고, 이후에 탈진 상태를 얼마간 겪는다는 단점이 있었다.

"뒤는 걱정하지 마. 곧바로 따라 들어갈 테니까."

동료 파견자가 그의 어깨를 두드리며 격려의 말을 했다.

"자, 그럼 나는 준비되었다."

그는 그렇게 말하며 세현 일행 쪽을 봤다.

그리고 팀 미래로에서 한 명이 나서서 그의 바로 뒤에 섰다.

호올이었다.

호올은 하나가 넷이 되는 경지에 이르러 있었는데, 이번에 위험한 작전에 넷 중에 하나를 투입하기로 했다.

만약 일이 잘못되면 호올이 큰 피해를 입게 되겠지만, 그것이 누군가의 목숨을 대신한다면 그만한 가치는 충분하다고 말하며 호올이 자청했다.

그럼에도 대우 타모얀의 파견자 중에 하나가 제일 앞장을 서는 것은 그것이 그들의 자부심에 합당하다 여기고 고집을 피운 탓이었다.

호올이 자리를 잡고, 그 뒤로 다시 파견자들이 줄지어 섰다.

세현과 팀 미래로는 자연스럽게 뒤로 밀렸다.

"자, 그럼 들어간다!"

제일 앞에 선 파견자가 고함을 지르는 것과 동시에 안으로 뛰어들었다.

우우우웅.

잿빛의 소용돌이가 대우 부족 파견자를 삼키고 형상이 일그러졌다.

그 잠깐 동안, 뒤에 선 사람은 진입이 어려웠다.

입구가 안정되지 않은 상태로 진입을 하게 되면 강한 충격을 받는다고 했다.

지이이이이잉!

"진입!"

어느 정도 소용돌이가 안정되자 곧바로 뒤에 있던 파견자 중에 하나가 고함을 질렀고, 동시에 호올이 소용돌이로 뛰어들었다.

앞서 들어간 파견자와의 시간차이는 20초 정도였다.

하지만 그 짧은 시간차이로 인해 어쩌면 테멜 안쪽에서 축차적인 희생을 만들어낼 수도 있었다.

어쩌면 방금 들어간 호올 조차도 이미 좋지 못한 상황에 처해 있을지도 모를 상황인 것이다.

"괜찮아! 나쁘지 않아."

하지만 그런 우려는 호올의 말에 어느 정도 씻겨 나갔다.

정확하게 테멜 안쪽의 상황을 알 수는 없다.

하지만 하나가 넷이 된 호올은 적어도 테멜 안쪽으로 들어간 또 다른 호올의 감정을 어느 정도는 느낄 수 있었다.

"들어가! 들어가!"

그 사이에 또다시 한 명의 파견자가 테멜의 입구로 뛰어들었다.

"괜찮은 거 같아. 그러니까 차근차근 진행하면 될 거야."

호올이 다시 말했다.

호올이 두 번째로 테멜 안으로 들어가서 해야 할 가장 중요한 역할이 이것이었다.

안쪽의 위험 정도를 파악하는 것.

그래서 만약 위험이 정말 크다고 생각되면 파견자들은 서너 명씩 묶어서 테멜로 들어갈 계획도 잡고 있었다.

물론 그렇게 할 경우에 진입자가 받을 충격이 대단하겠지만 그렇다고 해도 테멜로 들어가는 것을 포기할 수는 없으니 그런 계획까지 마련했던 것이다.

하지만 이제는 그럴 이유가 없었다.

호올이 안쪽 상황이 안정적이라고 했으니 차근차근 들어가도 별문제는 없을 터였다.

호올의 말에 집중하고 있던 파견자들과 팀 미래로의 대원들 모두가 안도의 한숨을 쉬었다.

그리고 차근차근 테멜 안쪽으로 진입을 서둘렀다.

상황이 나쁘지 않다고 해도, 전력을 최대한 뭉쳐 두는 것이 좋을 테니까.

*　　　*　　　*

"여기가 테멜?"

"던전 미로형의 테멜이지."

세현이 주변을 둘러보며 말하자, 야울스가 언제 다가왔는지 곁으로 와서 설명을 했다.

"이런 통로가 계속 이어지고, 중간에는 또 광장이나 공동 같은 것이 있어서 몬스터들이 떼를 지어 있기도 하지. 거기다가 더 곤란한 것은 때로 이런 지형지물이 변하기도 한다는 거야."

"통로가 변한다고요?"

"그렇지. 그건 꽤나 고등급의 테멜에서 일어나는 현상이긴 하지만 그렇게 보기 어려운 것도 아니야. 미로형 테멜 중에서 일정 시간마다 통로의 모양이 바뀌는 경우는 제법 있지."

"그럼 의도적으로 길을 막거나 하면, 결국 고사당할 가능성도 있겠군요?"

세현이 테멜의 코어가 의도적으로 인간들을 배척하고 가둬두려고 할 경우에 문제가 생길 것을 우려했다.

"아, 그 정도는 아니야. 특이하게도 테멜 코어가 있는 곳까지는 어떻게든 길이 있어. 그건 뭐라고 할까, 테멜 코어에게 주어진 제약이나 규칙 같은 거라고 할까? 그렇게 생각하면 이 테멜 코어라는 것도 특정하게 어느 쪽을 편들어서 만들어진 것은 아니지. 뭐 테멜 코어가 몬스터를 만들고 통제한다는 점에선 무척 위험하긴 하지만, 그걸 우리가 손에 넣어서 쓸 수 있다는 것을 생각하면 꽤나 중립적인 성향이라고 할까?"

"어쨌거나 여기서 이제 어디로 가야 하는 겁니까? 테멜의 코어를 찾는 것이 목적이 아니라, 대우 부족의 테멜 매개체를 찾는 것이 목적이지 않습니까."

세현이 길게 뻗은 통로를 보며 물었다.

바닥과 벽, 천장이 모두 다듬지 않은 대리석 같은 돌로 만들어진 통로였다.

좌우 폭이 그리 넓지 않아서 두 명 정도가 나란히 서서 무기를 휘두르면 조금 거치적거릴 정도였고, 높이는 3미터를 훌쩍 넘어서 그나마 움직임에 불편은 없을 것 같았다.

"자, 그럼 가볼까? 이상하게 이곳을 막고 있어야 할 몬스터가 없다는 것이 걸리긴 하지만, 어쨌거나 상황이 좋은 거니까."

야울스가 그렇게 말을 하고는 앞장서서 걸음을 옮기기 시작했다.

야울스의 말대로 그건 참으로 의외였다.

테멜의 입구를 지키는 몬스터가 하나도 없었다는 것은 이해하기 어려운 상황인 것이다.

하지만 야울스의 말대로 지금 상황이 나쁜 것은 아니니 일단 해야 할 일에 집중하는 것이 옳을 터였다.

"이야, 이게 누구야?"

대우 부족의 파견자들과 세현의 팀 미래로는 한참을 텅 비어 있는 통로를 걸었다.

뭔가 나타나도 이상할 것이 없는 상황이었지만 몬스터는 흔적도 보이지 않았다.

그런데 그 이유를 통로와 이어진 두 번째 광장에서 알게 되었다.

광장 전체를 가득 채우고 있는 몬스터의 사체와 그것들을 등지고 세현 일행을 보며 반가운 표정을 짓는 여자.

진미선이 모든 상황을 설명해 주는 답이었다.

"여긴 어쩐 일이십니까?"

세현이 물었다.

"아, 내가 할 일이 있다고 했잖아. 그 때문에 한동안 바빴지. 이것들이 워낙 잘 숨어 있어서 종적을 찾기가 어려웠거든. 그래도 결국 꼬리를 잡아서 여기까지 왔지."

"그럼 이곳에 진미선 님이 찾는 뭔가가 있는 겁니까?"

세현은 혹시 그것이 대우 부족의 테멜 매개체가 아닌가 하는 생각이 들어서 물어보지 않을 수 없었다.

"그래. 내가 찾는 놈이 여기 있어. 이렇게 테멜 안에 숨어 있으니까 밖에서 찾을 수가 없었지."

"폴리몬을 찾으시는 거였습니까?"

세현은 놈이란 표현에서 진미선이 찾는 것이 테멜 입구의 매개체는 아니란 사실에 내심 안도의 한숨을 쉬었다.

일이 자꾸만 꼬이는 것은 절대 반갑지 않은 상황이었다.

"폴리몬은 아니고 마가스야. 아주 특별한 놈이지. 마가스는 좀처럼 성장을 하기 어려운데, 이놈은 초인의 반열에 올랐다고. 그 때문에 피해가 너무 컸지. 그걸 해결하기 위해서 내가 여기 오게 된 거고."

"음. 그렇군요."

세현은 진미선의 말을 들을수록 다행이라는 생각이 들었다.

초인 등급의 몬스터가 지키는 곳을 쳐들어 온 상황이니 만약 진미선이 없었다면 그야말로 맹수의 아가리에 머리를 들이 민 상황이었을 것이다.

"자자, 오랜만에 만났으니까 우리 이야기나 하자. 그동안 어떻게 지냈어?"

진미선이 세현에게 다가오며 물었다.

진미선과 초인 마가스의 격돌

진미선은 한동안 세현과 팀 미래로 대원들과 대화를 나눴다.

주로 자유에선에 도착한 후로 어떤 일이 있었는가 하는 이야기가 대부분이었고, 진미선이 그동안 자유에선에서 무슨 일을 했는가 하는 이야기였다.

진미선은 세현 일행과 헤어진 후로 곧바로 이곳 자유에선에서 사고를 치고 있는 초인 등급 마가스를 찾아서 동분서주했다고 한다.

원래 초인의 경지에 오르게 되면 어느 정도 깨달음이 생겨서 스스로 자제하는 능력이 생기고, 자신이 끼어야 할 일인지 아닌지를 판단해서 행동하게 된다고 했다.

그것을 하지 못하게 되면 이번 경우처럼 그에 대한 응징을 당하게 된다는 것이다.

초인이라고 해서 완전히 무적이 되는 것도 아니니, 최소한의 규칙 정도는 지켜야 하는 것인데, 그걸 못하는 이들이 적지 않다고 진미선은 화를 냈다.

지금 세현이 가지고 있는 특별한 코어의 주인도 그 때문에 진미선의 징계를 받아 소멸하지 않았던가.

　그리고 이번 지유에선의 경우에도 그와 같은 사유에 해당이 되는 것이, 이곳의 마가스는 초인의 경지에 올랐음에도 불구하고 이성적인 면이 부족하다고 했다.

　"그래서 그 마가스를 잡기 위해서 온 거란 말입니까?"

　세현이 물었다.

　"그것도 그렇지만 다른 이유도 있다고 하더라고. 나도 여기 와서야 알게 된 거지만."

　"다른 이유요?"

　세현은 말을 하면서 대우 부족의 파견자들에게 시선을 던지는 진미선의 행동에 무슨 뜻이 있을까 궁금히 여기며 물었다.

　"마가스가 특별하기도 하고, 또 이런저런 말썽을 좀 부리기도 했지. 하지만 내가 생각하기에 그런 이유로 여기 마가스를 잡아 죽이는 것은 문제가 있어. 좀 과하다고 할까?"

　"네? 그래요?"

　지금까지는 초인 등급이 된 마가스에게 무슨 큰 잘못이라도 있는 듯이 말하더니 삽시간에 이야기가 달라지자 세현은 혼란을 느꼈다.

　"재미있는 것이 뭐냐면, 아주 특별한 경우가 아니면 같은 편끼리는 초인을 벌하지 않는다는 거야. 정말 극악한 짓을 저질러서 재고의 여지가 없다고 보기 전까지는 대체로 모르는 척하고 넘기지."

세현은 진미선의 그 말을 듣고 뒷말을 충분히 짐작할 수 있었다.

"결국은 저쪽 놈들을 족칠 수 있었던 것도 여기 마가스가 대우 부족의 테멜을 노리고 있다는 것이 제일 문제가 된 거지. 그래서 내가 여기까지 파견을 나오게 된 거고 말이야."

"그런 겁니까?"

"그래. 물론 조용히 있는 초인을 도발해서 싸움을 걸지는 않지. 그래도 최소한의 명분은 있어야 하니까."

"그렇군요."

세현은 진미선의 말을 충분히 이해했다.

결국 진미선의 이야기는 초인이라도 이쪽의 생존에 큰 위협이 되면 어떻게든 처리를 한다는 말이나 다름이 없었다.

"자, 그럼 출발을 해보자. 어서 가서 일을 끝내야지."

진미선이 앉았던 바닥에서 일어나 엉덩이를 툴툴 털어내며 말했다.

자연스럽게 팀 미래로의 대원들과 대우 부족의 파견자들 역시 엉거주춤 자리에서 일어났다.

초인.

세현은 그 위력을 확실하게 실감했다.

에테르 스킨의 유무 따위는 문제도 되지 않았다.

진미선의 손짓 한 번에 수십 마리의 몬스터가 몬스터 패턴의 중앙에 구멍이 나서 쓰러졌다.

그리 강력해 보이지 않는 공격인데도 몬스터들의 몸을 보호하는 에테르 스킨이 전혀 역할을 하지 못했다.

이전 나비가 에테르 스킨을 무시하는 스킬을 배운 적이 있었는데 그것이 최대한으로 발휘되면 저런 모습일까 싶기도 했다.

"그렇게 볼 거 없어. 초인들이 괜히 초인이 아니야. 너희가 쓰는 강기(剛氣)라는 것이 꽤나 대단한 것이기는 하지만, 너희가 에테르로 강기를 만드는 것처럼, 우리는 강기로 지금 이걸 만들어."

진미선이 몬스터에게 쏘아 내는 광선 비슷한 것을 손가락에서 뿜아내며 세현에게 말했다.

"그게 에테르로 강기를 만드는 것처럼, 강기로 만들어 낸 것이라고요?"

"그래. 그래서 격이 다르다는 거지. 또, 너희가 에테르를 사용하는 것처럼 우리는 강기를 사용해. 그 말은 그만큼 많은 강기를 다룬다는 거야."

세현은 진미선의 말에 짧게 심호흡을 했다.

세현 자신이 꽤나 많은 에테르를 가지고 있지만, 그것으로 만들어 내고 유지할 수 있는 강기는 한계가 있었다.

그런데 저 여자는 자신이 사용하는 에테르의 양만큼의 강기를 지니고 있다는 이야기였다.

그럼 그 기반이 되는 에테르는 도대체 얼마나 된다는 이야길 까?

그 생각을 해보니 아찔했다.

세현은 말없이 진미선의 뒤를 따랐다.

그러면서 그녀가 능력을 사용할 때마다 그것을 눈에 담았다.

당장은 어찌 해볼 수 없는 그녀지만, 조금이라도 배울 수 있다면 큰 도움이 될 터였다.

미로형 던전이라지만 진미선의 걸음은 거침이 없었다.

굉장히 넓은 범위를 탐색할 수 있는 능력이 있는 듯, 한 번도 막다른 길로 들어서는 일이 없었다.

세현도 '꼽쥐'의 도움으로 미니맵을 사용하고 있지만, 진미선의 능력에는 비할 바가 아니었다.

그래도 진미선을 제외한 다른 누구보다 빠르게 몬스터를 감지하고 대비하는 모습에 진미선도 제법이라는 눈빛을 보내 줬다.

그러던 중에 세현은 미니맵에 이전까지 볼 수 없었던 색다른 표시가 나오는 것을 확인했다.

'이건 뭐야? 다른 것들에 비해서 훨씬 더 크고 밝은데?'

세현이 '꼽쥐'에게 물었다.

[음. 에테르가 뿜어져 나와. 사방으로. 거기서부터. 음음. 아마도 그게 여기 테멜의 코어일 거야. 음음.]

'팥쥐'가 그럴 듯한 추측을 내어 놓았다.

'에테르가 사방으로 퍼진다는 거야? 테멜 전체로?'

[음음. 여기 벽, 바닥, 천장까지 모두 에테르가 흘러. 그리고 그게 저기서 와. 흐르는 에테르 따라가면 만날 수 있어. 훌륭한 나는 그걸 알았어.]

'팥쥐'는 테멜의 코어를 찾는 방법을 발견한 자신이 대견하다는 듯이 자랑스러움이 가득 담긴 느낌을 세현에게 보내고 있었다.

'잘했어. 훌륭하네. 정말로. 하하하.'

세현도 그런 '팥쥐'를 칭찬했다.

처음 의사소통을 시작했을 때와는 비교도 할 수 없을 정도로 성장한 '팥쥐'였다.

[음음. 난 훌륭해!]

'팥쥐'도 세현의 칭찬에 한껏 기분이 좋아졌다.

투화화화황! 퍼버버벙!

"크읏, 뭐야?!"

"버텨!"

갑작스러운 충격과 폭발이 일어났다.

마침 테멜 코어를 얼마 남기지 않은 상황에서 벌어진 일이었다.

'뭐지?'

세현이 급하게 '끝쥐'에게 물었다.

[숨어 있었어. 음음. 훌륭한 나도 못 찾았어. 미안해!]

'끝쥐'가 새로 나타난 커다란 점을 미니맵에 표시했다.

테멜 코어로 통하는 길목을 막고 있는 커다란 점은 따로 확인하지 않아도 진미선이 찾고 있던 초인 등급 마가스임이 분명했다.

그 마가스의 기습적인 공격을 진미선이 막아낸 것이다.

다만 갑작스러운 공격이라 뒤쪽으로 충돌의 여파가 흘러가는 것까지는 완전히 막지 못해서 팀 미래로와 대우 파견자들이 모두 비틀거리는 상황이 벌어졌다.

"호호홋, 드디어 나타났구나. 기다렸다."

쿠구국 쿠구국 쿠구국!

진미선이 모습을 드러낸 마가스를 향해서 걸음을 옮겼다.

그녀가 한 걸음 내딛을 때마다 돌로 된 바닥에 그녀의 발자국이 깊게 파였다.

"내 집이다. 여기. 너는 침입자다. 침입자는 죽인다!"

뜻밖에도 마가스는 진미선을 향해서 해석이 가능한 언어도 말을 했다.

그 역시 시스템에 의해서 번역이 되는 것이기는 했지만 적어도 몬스터 언어는 아닌 것이 분명했다.

시스템은 에테르 기반 생명체들의 언어는 인간 종족에게 번역해서 전달하지 않았다.

"그래. 맞아. 침입자겠지. 네 입장에서는. 그래도 어쩔 수가 없네. 미안."

진미선은 마가스의 말을 순순히 인정했다.

그러면서도 자신이 눈앞의 마가스를 소멸시킬 거라는 의지를 버리지는 않았다.

쿠콰콰콰콰콱 쿠콱!

마가스도 그것을 느꼈는지 대기가 떨어 울리는 듯한 포효를 터뜨렸다.

파스스스슷 파스슷!

그와 함께 진미선과 마가스 사이의 공간에서 뭔가 일어났는지 통로를 이루는 돌들이 파사삭 가루가 되어 흩날렸다.

마가스의 포효에 섞인 공격을 진미선이 또다시 막아 낸 것이거나 진미선의 공격을 마가스가 포효로 막은 것이겠지만 어느 쪽인지는 세현의 능력으로는 알 수 없는 일이었다.

"죽어라. 침입자."

마가스는 등이 굽고 머리가 어깨에 틀어박혀 있는 모습인 것을 제외하면 이족 보행의 인간과 많이 닮은 모습이었다.

피부가 털 없이 매끈한 흑갈색의 두꺼운 가죽이고, 송곳니와 어금니가 이리저리 입 밖으로 돌출되어 자라고 있었다.

하지만 이종족 중에는 그보다 더 이상한 모습도 많으니 외형을 두고 흉측하다 할 일은 없었다.

그냥 밖에서 만났다면 색다른 이종족 중에 하나라고 생각할 수도 있는 모습이었다.

몸 전체를 덮고 있는 몬스터 패턴이 걸리긴 하지만, 그 또한 이종족 중에서 몸 전체를 문신으로 뒤덮은 이들이 있으니 넘어갈 만한 일이다.

'결국 대화를 할 수 있느냐 없느냐 하는 것으로 구별을 해야 하는데, 마가스나 폴리몬의 경우에는 이쪽 말을 제법 하는 놈들이니 그것으로는 안 되는 경우도 많겠군.'

세현은 문득 인간 종족들 사이에 숨어사는 마가스나 폴리몬이 있을 수도 있다는 사실을 깨달았다.

크라딧이 지금 지구에서 암약하기 시작한 것처럼.

'하긴 그것도 에테르 기반 생명체들이 본능처럼 가지고 있는 인간 종족에 대한 적대감을 감출 수 있을 때의 문제겠지.'

세현은 그렇게 에테르 기반 생명체가 인간 세상에 어울려 사는 것에 대한 가능성을 축소시켰다.

쿠과광! 쩌저적! 투타다당! 터덩!

진미선과 초인 마가스는 조금씩 가까워지고 있었다.

양쪽 모두 한 발씩 앞으로 나서며 거리를 좁히며 격렬한 충돌을 이어갔다.

초인이 아닌 이들은 그저 번쩍이는 빛과 충돌음, 날리는 돌가루와 뒤에까지 전해지는 충격으로 짐작만 할 수 있을 뿐이지만 둘의 싸움이 격하다는 것은 충분히 알 수 있었다.

"뒤로 좀 더 물러나!"

한참 앞으로 전진한 진미선이 뒤를 돌아보지도 않고 경고를 했다.

세현은 곧바로 팀 미래로를 이끌고 통로의 코너를 돌아서는 곳까지 후퇴를 했다.

그 모습에 대우 부족의 파견자들도 잠깐 머뭇거리다가 세현 일행을 따라 움직였다.

[음. 막아? 음?]

그리고 '팥쥐'의 물음이 세현의 뇌리를 스쳤다.

'막아!'

세현은 급하게 '팥쥐'에게 의지를 전했다.

뭔지 모르지만 '팥쥐'까지 나서서 방어를 하겠다고 하는 것을 보면 아주 강한 충돌이 있을 것이 분명했던 것이다.

우우우우우웅! 스르릉, 스르릉, 스릉, 스릉, 스릉!

순간 모퉁이를 돌아선 통로 전체를 막으며 '팥쥐'의 방어막이 모습을 드러냈다.

하나 둘, 셋… 모두 여섯 겹의 투병한 막이 복도를 가로 막았다.

"뭐냐? 무슨 일이야?"

야울스가 그런 모습을 보며 놀라서 물었다.

[온다아! 으으음!]

"최대한 몸을 보호해요! 강력한 공격입니다!"

세현도 급히 소리를 지르면서 에테르를 최대한 끌어 올려서 몸을 보호했다.

그리고 온몸이 찢겨 나가는 듯한 충격이 모두를 덮쳤다.

그것은 일종의 파동이었다.

'팥쥐'의 방어막에 걸러진 상태에서도 일행 모두의 몸에 끔찍한 고통을 주면서 흘러가는 파동.

모퉁이 뒤에 몰려 있던 모두는 신음 소리도 내지 못하고 입만 뻐끔거리고 있었다.

털썩! 털썩! 턱 주르륵!

잠시 후, 팀 미래로와 대우 파견자 모두는 제 힘으로 서 있지도 못하고 모두 바닥에 주저앉거나 쓰러졌다.

"이거, 상황이 좋지 않은데? 내가 좀 늦었나? 우물우물."

그리고 그런 사람들의 귀에 낯선 음성이 들렸다.

세현은 희미한 시선을 들어서 그가 누군지 확인하려 했다.

커다란 체구의 실루엣이 세현의 시야에 잡혔지만 세현의 정신은 더 이상 버티지 못하고 까무룩 어둠에 잠겨 버렸다.

『천공기』 6권에 계속…

초대형 24시 만화방

신간 100%, 샤워실, 흡연실, 수면실(침대석), 커플석, 세탁기 완비

■ 강북 노원역점 ■

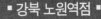
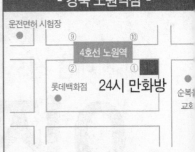

서울 노원구 상계동 340-6 노원역 1번 출구 앞 3층
02) 951-8324 (화용빌딩 3층)

■ 일산 정발산역점 ■

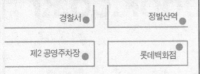

라페스타 E동 건너편 먹자골목 내 객진건물 5층
031) 914-1957

■ 일산 화정역점 ■

경기도 고양시 덕양구 화정동 984번지 서일빌딩 7층
031) 979-4874 (서일사우나 건물 7층)

■ 부천 역곡역점 ■

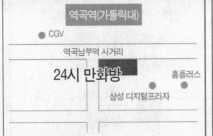

역곡남부역 기업은행 건물 3층
032) 665-5525

■ 부평역점 ■

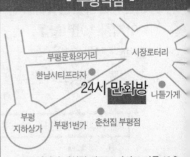

(구) 진선미 예식장 뒤 보스나이트 건물 10층
032) 522-2871

네르가시아 장편소설
FUSION FANTASTIC STORY

도시 무왕 연대기

글로벌 기업의 후계자 김태하.
탄탄대로를 걷던 그에게 거대한 음모가 덮쳐 온다!

『도시 무왕 연대기』

가장 믿고 있었던 친척의 배신,
그가 탄 비행기는 추락하고 만다.

혹한의 땅에서 기적같이 살아나
기연을 만나게 되는데……

**모든 것을 잃은 남자,
김태하의 화끈한 복수극이 시작된다!**

Book Publishing CHUNGEORAM

유행이아닌 자유추구 -
WWW. chungeoram.com

니콜로 장편 소설

FUSION FANTASTIC STORY

마왕의 게임

『경영의 대가』,『아레나, 이계사냥기』
니콜로 작가의 신작!

『마왕의 게임』

마계 군주들의 치열한 서열전
궁지에 몰린 악마군주 그레모리는 불패의 명장을 소환하지만……

"거짓을 간파하는 재주를 지녔다고?"
"그렇다, 건방진 인간."
"그럼 이것도 거짓인지 간파해 보아라."

"-나는 이 같은 싸움에서 일만 번 넘게 이겨보았다."

e스포츠의 전설 이신, 악마들의 게임에 끼어들다!

Book Publishing CHUNGEORAM

유행이 아닌 자유추구 -
WWW.chungeoram.com

FUSION FANTASTIC STORY

말리브해적 장편소설

MLB
메이저리그

유료독자 누적 1200만!

행복해지고 싶은 이들을 위한 동화 같은 소설.

『MLB-메이저리그』

100마일의 강속구를 던지는
메이저리그의 전설적인 괴짜 투수 강삼열.
그가 펼치는 뜨거운 도전과 아름다운 이야기!
승리를 위해 외치는 소리-

"파워업!"

그라운드에 파워업이 울려 퍼질 때,

전설이 시작된다!

Book Publishing CHUNGEORAM

내일을 향해 쏴라

김형석 장편 소설

FUSION FANTASTIC STORY

1만 시간의 법칙!
'성공은 1만 시간의 노력이 만든다' 는 뜻이다.

그러나…
사회복지학과 복학생 수.
전공 실습으로 나간 호스피스 병동에서
미지와 조우하다.

1만 시간의 법칙?
아니, 1분의 법칙!

전무후무한 능력이 수에게 강림하다!
맨주먹 하나로 시작한 수의
인생역전이 시작된다!

Book Publishing CHUNGEORAM

이경영 판타지 장편소설

FANTASY FRONTIER SPIRIT

그라니트

용들의 땅

GRANITE

사고로 위장된 사건에 의해 동료를 모두 잃고 서로를 만나게 된 '치프'와 '데스디아'.
사건의 이면에 상식을 벗어난 음모가 있음을 알게 된 둘은
동료들의 죽음을 가슴에 새긴 채 각자의 고향으로 돌아간다.
2년 후, 뜻하지 않게 다시 만난 두 사람은 동료들의 복수를 위해
개척용역회사 '그라니트 용역'을 설립해 다시금 그 땅을 찾게 되는데……

용들이 지배하는 땅 그라니트!
그곳에서 펼쳐지는 고대로부터 이어지는 운명적 만남,
깊어지는 오해, 그리고 채워지는 상처.

『가즈 나이트』시리즈 이경영 작가의 미래형 판타지 신작!

Book Publishing CHUNGEORAM

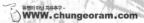

유행이 아닌 자유추구 -
WWW. chungeoram.com